MELISSA

婚約者に側妃として利用されるくらいなら魔術師様の褒賞となります

まつりか

Illustrator
御子柴リョウ

この作品はフィクションです。
実際の人物・団体・事件などに一切関係ありません。

婚約者に側妃として利用されるくらいなら
魔術師様の褒賞となります

MELISSA

プロローグ

麗《うらら》かな日差しが入る王城の庭園でお茶をしているにもかかわらず、私は密《ひそ》かに緊張していた。

目の前に座る婚約者、ルイス王太子殿下から突然呼び出しがかかったからだ。

ここ数年は滅多に二人で会うことはなかったというのに。

「アメリアすまない。君という婚約者がいながら、私は運命の相手に出会ってしまったようだ」

ルイス様が首を傾《かし》げると、美しい金糸の髪がサラリと優雅に揺れた。

幼い頃から、まるで絵画から出てきたかのようだと評判だった彼の容姿は相変わらずで、白地に金刺繍《ししゅう》の衣装が嫌味なくらいによく似合う。

長い睫毛《まつげ》に象《かたど》られた青の瞳は、今聞こえた言葉が冗談に聞こえるほど穏やかな眼差《まなざ》しをこちらに向けている。

胸の奥では心の臓が煩《うるさ》く早鐘を鳴らしているが、私はあくまで冷静にお茶で喉を潤した。

突然王城に呼ばれた時点で悪い予感はしていた。

貴族学院でガラーナ子爵家のリリア様と親しくされているという噂《うわさ》は私の耳にも入ってきていたし、婚約者がこの国の王太子殿下であるのだから愛妾《あいしょう》の一人や二人抱えることも覚悟をしていたつもりだ。

「ガラーナ子爵家のリリア様のことであればお噂は耳にしております。王太子殿下と親密なご関係だとか」

「ああ、既に知っていたんだね。私はリリアを愛しているし、生涯大切にしたいと思っているんだ。アメリアはこの六年間、私の婚約者として王太子妃教育に励んでくれていたのに申し訳なく思っている」

　そう言いながらも笑顔を浮かべ上品にお茶を口にする姿から、後悔や反省の様子は見受けられない。申し訳なく思っているなら婚約者がいながらよく浮気などできたものだと思うが、結局は悪いことだと思っていないのだろう。

「私も王太子妃として教育を受けてきた身です。一国の王が愛妾を持つことにも理解を示すつもりです」

「ああ、君に相談したかったのがそれなんだ。リリアがどうしても私の一番になりたいと言ってきかなくてね」

　ルイス様の言葉に嫌な予感がしてゆっくりと視線を上げる。

　私の視線の先には、困ったような表情を浮かべながらも、にっこりと微笑《ほほえ》む王太子殿下がいた。

「私としては王太子妃教育を受けてきた君の六年間を無駄にしたくはない」

　私のことを案じている言い方をしているがきっと違う。

「けれど、私の一番を望むリリアの願いは叶《かな》えてあげたくて」

　リリア様を王太子妃に据えた場合、代わりに王太子妃の仕事をする人間が必要になるだけだ。

「だから、アメリア。私の側妃になってもらえないかな」

――冗談じゃない。

喉元まで出かかった言葉を呑《の》み込み、相手を睨《にら》みつけたくなる衝動を抑え込む。

感情に振り回されても碌《ろく》なことはない。

口にお茶を含んで乱れた呼吸を整え、私にできる精一杯の微笑みを顔に貼りつけた。

「少々お時間をくださいませ」


王城を出て、真っ直《す》ぐ自邸へと馬車を走らせた。

馬車の揺れと共に流れていく景色を眺めていると、ふと先程のルイス様の言葉が蘇《よみがえ》ってしまい、行儀悪くも頬杖《ほおづえ》をついてしまいたくなる。

一体いつから、これほどまでに心の距離が開いてしまったのだろう。

今となっては、もう思い出せなくなってしまっていた。

私が十歳を迎える前に交わされた婚約は、貴族間の権力争いに配慮した政略的なものだったが、私自身それを承知で受け入れたし、一つ年上のルイス様も同様だったはずだ。

婚約の始まりに恋だの愛だのといった感情はなくとも、将来国を治める立場に立つ者同士、いずれはお互いを尊重し慈しみ合える関係になれると思っていた。

王太子妃教育は厳しかったが、国のため民のため、立派な王妃となるべく必死になって取り組んできたし、彼も以前はそうだったと聞いている。

ルイス様が変わってしまったのは貴族学院に入学されてからだ。

恐らく、リリア様との出逢《であ》いが彼に変化をもたらしたのだろう。

思考に耽《ふけ》っていると、馬車がガタンと大きく揺れた。

どうやら石を踏んでしまったらしく、窓越しに御者が頭を下げているのが見える。

気にしなくて良いと微笑み返して合図をすれば、一礼をした御者は、再びゆっくりと馬車を動かし始めた。

思いのほか長い間考え込んでしまっていたらしく、気がつけば自邸までもう数刻といったところだった。

リリア様を側《そば》に置きたいのならば、私との婚約関係を清算し、彼女を王太子妃にと指名するのが筋だろう。

しかし、長年続いた婚約関係を一方的に解消してしまうのは悪手だ。

ルイス様とリリア様との関係は周囲に知れ渡ってしまっているため、少なくとも我がベレッタ侯爵家に近い派閥の者達からの非難は免《まぬが》れない。

特にリリア様は、私という婚約者がいるにもかかわらず、ルイス様に近づき横から掠《かす》め取ったとして面白おかしく噂されるだろう。未来の王妃たる王太子妃に、そのような醜聞は相応《ふさわ》しくない。

しかし今回の場合、今まで長期にわたって王太子妃教育を受けてきた私を婚約者から外してしまえば、新しく婚約者となるリリア様に、また一から王太子妃教育を施すことになってしまう。

甚だ不本意ではあるが、立ってしまうであろう悪評には目を瞑《つぶ》り、私との婚約をそのままに側妃として据えて、リリア様を正妃に置いてしまうというやり方は合理的ではあるのだ。

——私が側妃として王太子妃の仕事を請け負えば、リリア様に王太子妃教育を施す手間を省くことができるもの。

どうにか円滑に側妃とされることを回避する方法はないだろうか。

胸中の暗雲に溜《た》め息をつきそうになり、窓の外を見れば、快晴の空が広がっていた。

行き交う人々の表情は明るく、仲の良さそうな夫婦が親しげに微笑み合い、幼い子らが走り回り楽しげな声を上げている。

そんな様子を眺めながら、こんな晴れ晴れしい日に一人鬱々とした気分になっていることに、思わず苦笑してしまう。

「……一体どうしたものかしら」

他に誰もいない馬車の中で、私は小さく心の声を漏らすのだった。

一　交渉

数日後、私はとある魔術師の元に会いに来ていた。

「――ということですので、単刀直入に申します。私を褒賞として望んでいただきたいのです」

「はあ……」

正面に座る男性は思いっきり困惑を顔に浮かべて瞬《まばた》きを繰り返していた。

彼の宿泊先であるこの個室にいるのは、私と従者と正面の男性の三人。

下町の中では比較的富裕層向けの宿屋ではあるが、白い壁に窓が一つしかなく、室内には小さな机と向かい合わせに置かれたソファ、奥に寝室があるにしてもこぢんまりとした部屋だった。

男性は謁見の間で見かけたときと違い、周辺で購入したのであろう小綺麗《こぎれい》な白い上衣に緩めの下衣と我が国のごく一般的な服装をしているせいか、以前よりも親しみやすく感じる。

私自身はお忍びで来たため、普段は着ないような下町風のワンピースを身につけていた。

「貴族のお嬢さんがなんの用かと思いましたが、何かの冗談です？」

肩につくほどの濃紺の髪をガシガシと掻《か》いて、困惑を露《あら》わにしている。

謁見の間で遠目に見たときは大きなローブを羽織っていたため線の細い印象だったが、近くで見る彼は意外に肩幅も広くしっかりした体格だった。

「至って真面目ですわ。来訪時にも名乗りましたが、私はアメリア・ベレッタと申します。ベレッタ侯爵家の長女です。今月で十八歳になりました」

「それで、王太子殿下の婚約者様なんですよね？」

「……現在は名目上そうですわ」

『王太子殿下の婚約者』という肩書きを耳にした私は、苦虫を噛《か》み潰したような表情になっているだろう。

しかし私の様子には特に興味もなかったらしく、首を目一杯捻《ひね》りながらうんうんと唸《うな》っている。

「先月隣国との小競り合いが発生した際、貴方《あなた》様の活躍は目を見張るものがあったと聞いております。陛下の覚えもめでたく、来月には改めて褒賞を授けられるとか」

先程から私の向かいで困惑の限りを呈している相手は、魔術師のロワール様。

この国には魔法や魔術といった類《たぐい》を使用できる者はいないが、海を渡った大陸には国交はないものの魔術大国があったりと、世界の中ではそれなりに魔法使いや魔術師は認知されている。

先月の隣国との小競り合いで窮地に立たされていた我が国の駐屯地へ、旅の途中に偶然居合わせたというロワール様は、負傷兵達の傷を癒《いや》し多くの命を救ったとして一躍英雄となった。

出身国や身分、名前すらも一切明かさずその場を去ろうとした彼を、軍の上層部が引き留め、王城へ連れてきたまではいいものの、功績に対する褒賞として、国王陛下が与えようとした爵位や領地を、彼は一切受け取らなかった。

国賓として王城へ宿泊するよう勧められたらしいが、その誘いも断り、この下町の宿屋に身を置いているのだという。

彼を国に留《とど》めたい国王が、来月王城で開かれる戦勝祝賀会で、改めて望むものを褒賞に与えたいと提案していたのだ。

「ロワール様は爵位や領地を不要だとおっしゃいました。きっとこの国に縛られたくないというお気持ちだったかとお察しします」

謁見の間に集まっていた貴族は少なくない。

貴族であれば喉から手が出るほど欲しい富と権力を、あっさり要らないと返答されたときの空気は忘れられない。

「あのときの貴方の様子は、本当に要らないものを押しつけられたようで、遠目に少し笑ってしまいました」

「はあ、まあ正直言って貴女《あなた》の感じた通りかと」

「やはりロワール様は欲深くない謙虚な方なのですね。安心しました」

「え、いやなんで?」

必要以上の富と名声を望まず、欲深くなく謙虚であること、それがわかっただけでロワール様を選んだ私の目に狂いはなかったと思えた。

「相手が言い寄ってきたからと二人も三人も妻を抱え込むような欲深い男性でないとわかれば、それだけで私は十分です。精一杯ロワール様に尽くしますので、どうか私を望んでいただけませんか？」

座ったまま頭を下げる私を見て、ロワール様は慌てたように顔を上げるよう勧める。

「あの、俺はこの国の作法に不慣れなもので貴族の方に対する話し方がわからないんです。色々確認したいこともありますし、申し訳ないんですが普段通りに話させてもらっていいですか？」

「ロワール様は他国の方ですものね。こちらこそ配慮が足りませんでした。どうぞ私に対しては堅苦しくないよう普段通りにお話しになってください。どのような発言に対しても不敬には問いませんわ」

「それなら遠慮なく――」

ロワール様は私の返答に肩の力が抜けたのかソファに背を預けて息を吐き、次の瞬間には先程までの男性と同一人物とは思えないほど面倒くさそうに声を上げた。

「で、どういうこと？　俺のこと好きなの？」

「え？」

「俺のこと好きだから望んでほしいんじゃないの？　そもそも話聞く限りこっちにメリットなくない？　確かにアンタ美人だし好みだけど、敢《あ》えて王太子の婚約者を横取りして目立つ必要性を感じないんだけど」

思っていたことを言いきったあと、こちらをチラリと見たロワール様は目を見開いた。

「え、何？　なんで今赤くなんの？」

指摘されてどんどん顔に熱が集まっていくのがわかる。

「いえ、その……私の顔がロワール様のお好みだと聞けて少し」

「そこ照れるところ⁉」

深い意味ではなかったのだろうその言葉に、不慣れな私は異常なほど反応してしまう。

「……王太子に言われたことないの？　綺麗だとか」

「私達はそういう関係ではありませんでしたし、彼の好みはきっとリリア様のような方ですわ」

「わかんなくない？　まあ良いけど」

どちらともが言葉を呑《の》み込んでしまい、室内に微妙な空気が漂う。

私は一つ大きく息を吸い込んで、ロワール様をしっかりと見据えた。

「今回の件、私からお断りをした場合、我がベレッタ侯爵家に多大な迷惑をかけることになってしまいます。たとえ側妃とされることを不本意ながら呑んだ場合でも、リリア様は婚約者を蹴落とした王太子妃として悪評を立てられるでしょう。どうにか円滑に側妃を回避しようと考えた結果、私がロワール様の褒賞となることが最善だという結論に至りました」

ロワール様は私の言葉を噛み砕いているのか、こちらをじっと観察していた。

ゆっくりと頬杖《ほおづえ》をつきながら目を細める。

「一つわかんないんだけど、アンタが王太子妃になったときにリリアが愛妾《あいしょう》になるのは良くて、リリアが王太子妃になったときの側妃が嫌っていうのがちょっとよくわかんない。どっちも王太子の二股じゃね？」

確かに彼の指摘の通りだ。

私の立場がどちらにしろ、殿下の気持ちがリリア様に向いていることは変わらない。

しかし、私にはどうしても叶《かな》えたい願いがあった。

「……誰かの一番になりたかったのです」

ロワール様は私の言葉を静かに聞いてくれている。

「私は母を早くに亡くし、父はすぐに再婚したため義母に育てられました。義母は優しく実の娘と同じように慈しんでくれましたが、やはり親子の無償の愛の前に壁を感じることがありました」

「アンタがただ素直に甘えられなかっただけじゃなくて？」

彼の言葉は的確に私の痛いところを突いてくるが、今はそれが心地よかった。

「その通りだと思います。私は愛情表現が下手で、義母に素直に甘えられずいつも変に気を使っては逆に気を使わせてしまっていました」

「王太子にも同じような態度だったんだろ？」

「ロワール様にはなんでもお見通しですね」

まるで見てきたような的確な指摘に、私は苦笑いを返す他ない。

ルイス様との婚約は、派閥と家格を総合して最も適切だという理由で成立したものだった。

そこに愛も恋もなかったが、貴族同士の結婚であれば至極当然のことで、生涯を共にすると決められてしまったのだからお互いを尊重して慈しみ合っていけるものだと信じていた。

　周りの婚約者同士がするような外出や個人的なお茶会へのお誘いはなくても、王太子なのだからお忙しいのだろう彼に相応《ふさわ》しいようもっと王太子妃として努力しなければとばかり考え、貴族の唯一の自由時間である貴族学院にも通わず毎日王城で専門知識を学び続けた。

　講師達からはどこに出しても恥ずかしくないと太鼓判を押していただいたが、独りよがりの勉強に邁進《まいしん》している間に、気がつけば婚約者の心を他の女性に奪われてしまっていたのだ。

「返す言葉もございません。お恥ずかしいことに、私はただ努力さえしていればいつかは相手に選んでもらえて幸せな結末が迎えられると盲信していたんです」

　なんと愚かな思い込みだろうと今なら思える。

　しかし、過ぎた時間は取り戻せないのだから前に進むしかない。

「今回側妃の提案をされて初めて、王太子殿下にとって私は王太子妃の仕事をこなす以外の価値がないことに気付かされました」

「いや、そこまで言われてはないんじゃ」

「お気遣いありがとうございます。しかしそれが事実です。ここ数日自分の進退と今後の王家や我が侯爵家のことを考え、今ここにおります。ロワール様に望んでいただければ、双方角が立たない上に私の希望も叶う」

「さっきの、誰かの一番になりたいってやつ？」

「はい。私は誰かを愛し愛される、お互いを唯一とする相手と生涯を共にしたいと思っております」

私の言葉を耳にして、ロワール様は急に眉間に皺《しわ》を寄せ押し黙ってしまった。

最善の選択肢を選ぶため、私の希望を叶えるにはここで引くわけにはいかない。

「あの、私の顔がロワール様のお好みと伺えてホッとしております。王太子妃教育の一環で外交のため、諸外国の言葉も三カ国語は読み書きと会話もできます。もしこの国で領地や爵位を賜る場合でも、領地経営や貴族同士の社交を全てお任せいただいて問題ありません。また経営の勉強としていくつか商会を持っておりまして、領地がなくとも自分の家族くらいであれば養っていける資金もあります。私、褒賞としても割と良物件だと思いますがいかがでしょうか？」

慣れない早口で捲《まく》し立てれば、彼は頭を抱えるようにして俯《うつむ》いてしまう。

「あの、もしや国に奥様や恋人が……？」

「あーいないいいない。俺は自国の女性からは嫌厭《けんえん》されがちだったし」

「まさかそんな」

私の向かいに座る彼は確かに話し方に粗野な部分があり、濃紺の髪と薄茶色の瞳はごく一般的な見た目と言えるかもしれないが、男らしく精悍《せいかん》な顔立ちである。

髪を整えれば大衆劇に出てくるヒーロー役なんかが似合いそうなタイプだ。

「……あのさ、俺と愛し愛される関係になりたいんだよね？」

「はい、もちろんです」

「それって俺を好きだって言ってるのと同じじゃね？」

「え？」

「だって『お互い』愛し合う関係になりたいんだろ？」

確かに私はそう言った。

お互いを唯一としたいということは、私の唯一がロワール様だと言っているようなものだ。

つまり私がロワール様のことが好きで、貴方に好きになってほしいと押しかけているのも同然。

「そ、そうとも言えますね」

「自分から言っといて照れないでくれる？」

呆《あき》れたような溜《た》め息を耳にしても、頬の火照りは引いてくれない。

「……すみません、誤解なきよう私の心の内を正直に申し上げますと、今はまだそのような恋や愛と名づけて良いようなものは持ち合わせておりま――」

「じゃあ好きでもない男にこんな提案してんの？」

「い、いえっ！　もちろんこれから、これから大好きになる予定です！」

ロワール様の鋭い指摘を慌てて否定すると、面食らったように目を丸くした彼はほんのりと頬を染めた。

『大好きになる』という発言は場違いだったかと、また顔面に熱が集まってくる。

こちらから視線を逸《そ》らすようにしてロワール様が黙り込むと、室内に沈黙が訪れた。

眉間に皺を寄せながら何かを考え込んでいる様子の彼を見つめる。

「……わかった。ただこちらから三つ条件を呑んでもらう」

了承の言葉に思わず立ち上がりたくなるが、慌てて浮きかけた腰を落ち着ける。

淑女たる者、はしたない真似《まね》はしてはならない。

「はい、条件の内容をお伺いしたく」

ロワール様は真剣な表情を浮かべ、真っ直《す》ぐにこちらを見据えた。

「一つ目は、俺達の出会いは偶然だったことにすること。そうだな、社会勉強としてお忍びで城下に来ていたアンタと親しくなったとでもすればいい。あくまで褒賞に王太子の婚約者を希望するんじゃなく、希望した女性が王太子の婚約者だったってことにするためな」

「それはもちろん問題ありません」

「二つ目は、今日から戦勝祝賀会まで毎日俺と城下で会うこと。これは一つ目の裏づけな。そんで三つ目が一番大事。今後俺がどれだけアンタを求めても、拒否したり逃げたりしないで受け入れること」

「私からお願いしているのに拒否をすることなどございませんわ」

私が自信満々に答えると、こちらを眺めながらこれ意味通じてるかぁとブツブツと呟《つぶや》いていたが、一つ盛大な溜め息をついたあと、彼は僅かに口角を上げた。

「先に言っとくが、我が国では魔術師の愛は重いと評判だぞ」

『愛が重い』とは相手を深く愛するという意味でよく耳にする文言だ。

それほどまでに、大切にしていただけるとは願ってもない。

「重いほどの愛を注いでいただけるなら光栄ですわ」

「はは、そりゃいい。そんじゃ戦勝祝賀会までの間、頑張って俺のこと口説いて」

「はい！　もちろ――えっ？」

男性を口説く、今まで一度も挑戦したことのない課題だった。

「だ、男性を口説くとは、一体どうしたら……」

頭が真っ白になりオロオロしていると、ロワール様は呆れたようにまた溜め息をついた。

「どうしたらって、お貴族様ならそういうのお手のものなんじゃねぇの？」

「すみません、この六年間ほとんど王太子妃教育にかかりっきりで男性とそういったやりとりをしたこともなくて……」

情けなさで俯いたまま顔も上げられない私の向かいでは、初恋もまだとはそれはそれでとロワール様が唸っている。

このリアクションは彼にとってプラスなのかマイナスなのか、それすらも見当がつかなかった。

「まあ、人間なんて好き好き言われ続ければ絆《ほだ》されるもんだよ。ましてやアンタみたいな器量良しなら尚更《なおさら》だ」

目の前にロワール様の手が差し出される。

「ちょっと手を出してみて」

「はい」

言われるがまま手を差し出すと、くるりと掌《てのひら》を上に向けられたかと思ったら、流れるように手首に唇を寄せられた。

ぬるりと生温かいものが触れたかと思うと、すぐにチリッと痛みが走る。

「!? な、なにを」

反射的に腕を引くと、痛みの走った部分には紅《あか》い円の中に花が咲いたような紋様が浮き上がっていた。

「ああ、俺の痕をつけただけ。これがあればどこにいてもアンタの居場所がわかる」

彼の説明によれば、今つけた印に自分の魔力を付与しているため、この国の中くらいならどこにいようと存在を認識できるのだという。

痛みが引いた箇所を見てみれば、円の中にある花は薔薇《ばら》のような形になっていた。

「……俺に居場所を知られるのは嫌？」

ロワール様の言葉に顔を上げると、何かを推し量るような視線とぶつかる。

突然手首に唇を寄せられたことには驚いたが、彼に問われた「自分の居場所を知られること」については別段困ることはない。

「いえ、居場所を知られることについては問題ありませんが、その、『手首への口付け』が必要なの

であれば事前に教えていただきたかったと」

『手の甲への口付け』は敬愛の挨拶として受けたこともあるが、愛欲を意味する『手首への口付け』を受けた経験はなかった。

ロワール様の説明を聞いて、そういった意味が込められていなかったことは理解できたのだが、勝手に勘違いをしてしまった羞恥心からつい頬が火照ってしまう。

「は？　――いや、これは魔術痕をつけるために必要な行為であって、断じていかがわしい意味があるわけじゃないからな⁉」

私の言葉に初めて『手首への口付け』の意味に思い当たったのか、彼は焦ったように早口で説明を繰り返すと、頭をガシガシと掻きながらソファに沈み込んでしまった。

顔の熱を抑えようと頬に手を当てたまま彼の様子を窺《うかが》い見れば、こちらを観察していたのだろうロワール様の視線とぶつかる。

つい視線を泳がせてしまうと、なんだか呆れたような深い溜め息が聞こえてきた。

「まあ、魔術痕が気にならないんだったらそれでいい」

その声に顔を上げれば、ソファに背を預けたままの彼は、小さく咳払《せきばら》いをしてこちらに視線を向けた。

「これから毎日デートしようか。愛し愛される関係になりたいなら、お互いを知ることは必要だしな」

ニヤリと笑うロワール様は心底楽しそうにしているが、不慣れな課題を目の前にした私は目眩《めまい》がしてきそうな状態である。

こうして、ロワール様を口説き落とす日々が始まったのだった。

二　下町デート

翌朝、馬車は彼の宿泊先から少し離れた場所に停めてもらった。

緊張で速まる鼓動を抑えつけるようにして、一歩一歩確認しながらゆっくりと馬車から降りる。

今日はロワール様との初めてのデートだ。

昨夜は恋愛指南書を三冊ほど読み終えたし、急拵《きゅうごしら》えだがデートの嗜《たしな》みや手順は頭に入っているはずだ。

下町を歩いていても不自然ではないように、大人しめな紺色のワンピースを着用してきた。

相手の髪や瞳の色を衣服として纏《まと》うという、さりげないアピールを取り入れたつもりだが、気付いてもらえるだろうか。

――人生初のデート、抜かりはないはず。

町では珍しい白銀色の髪で目立ってしまわないよう、念のため髪色を隠すための帽子を被《かぶ》り、完璧な装いでロワール様の宿泊先へと急ぐ。

彼の部屋の前に立つと、ノックをする前にカチャリと音を立てて扉が開いた。

驚いて顔を上げると、そこにはロワール様が立っている。

外出するつもりで用意をしてくれていたようで、初めて会ったときと同じローブを纏っていた。

「ロワール様、昨日は突然の訪問失礼いたしました。改めまして、本日からよろしくお願いいたします」

「ああ」

「あの、素敵なメッセージカードをありがとうございました。嬉《うれ》しかったです」

朝目覚めたら、枕元に『会えるのを楽しみにしてる』と書かれたメッセージカードが置かれていたのには驚いた。

昨夜遅くに就寝してから部屋には誰も訪れていないはずなのに、いつ誰の手によって届けられたのだろうと疑問に思いつつも、人と会う約束はロワール様としかしていなかったことから差出人は彼であると推測できたし、そうだとすれば誰もいない室内にメッセージカードを届けることも、魔術を使えば可能なのだろうかとおぼろげに想像していた。

不思議に感じながらも思いがけない贈り物を頂いたことは嬉しく、侍女の前でもつい綻んでしまう表情を誤魔化すのが大変なほどだった。

御礼を伝えると、照れくさかったのかふいと視線を逸《そ》らされてしまう。

「……別に、当然のマナーだろ」

「ロワール様の国ではそういったしきたりがあるのですか？　素敵ですね」

デートの前に相手の枕元にメッセージカードを贈るなんて、魔術が普及している国ならではなのかもしれないが、なんともロマンティックな演出だ。

「まあ、そんなとこ。それで？　デートに行くんだろ」

「もちろんです。デートプランを練って参りましたので、早速出かけましょう」

初めてのことで緊張はするが、予習は完璧だ。

ロワール様に好意を抱いていただけるよう、今日のデートを成功させなければ。


「……それで、これは一体なに？」

部屋を出て向かった先は、彼の宿泊先から程近い公園だった。

木々の生い茂る緑豊かな公園を二人並んで歩いている。

「デートの定番、公園の散策デートです。最も初心者向けのデートコースですわ」

昨日読んだ恋愛指南書では、デートの場所はまず近場から、そしていきなり室内ではなく屋外からが良いとされていた。

条件からして、この公園は最高のデート場所だ。

散策なのだからと、昨日下調べをしておいた花や植物達の名前をロワール様に案内しながら、ぐるりと一周回ってきたところだった。

「散策デート、ね。アンタ植物好きなの？　やたら詳しいけど」

「いえ。ロワール様にご案内できるよう昨日調べたまでで、特に植物を好んでいるわけではありません」

「ふぅん」

それきり黙り込んでしまったロワール様は、周囲を見ながらも落ち着かない様子だ。

散策だからと公園を案内できるように色々と調べてきたのだが、確かにここまでどうもデートらしい雰囲気にはなっていない気もする。

彼からの質問を受けて考えてみれば、咲いている花や植物の紹介などは、自邸の庭の散策等ですべきことかもしれない。

そもそも『散策デート』とは一体何をすれば良いのだろうか。

考え込む私の様子を見て、黙り込んでいたロワール様は深い溜《た》め息をつきながら頭をガシガシと掻《か》いた。

「あのさ。デートっていうんだから、植物のことよりお互いの話をしたりするのが先なんじゃねえの？」

ロワール様のご指摘に目から鱗《うろこ》が落ちるような思いだった。

「なるほど！　確かにその通りですわ、さすがロワール様です」

私達に足りなかったのは、デートに相応《ふさわ》しい会話だ。

「それでは改めまして」

気を取り直し、一つ咳払《せきばら》いをしてロワール様を見つめる。

そしてデートに相応しい会話を始めようとして、思考が止まった。

――『デートに相応しい』とは一体どんな会話なのか。

「……ご趣味は？」

「見合いかよ」

目を細めてこちらを見やるロワール様の表情は、呆《あき》れているように見える。

「す、すみません！　『デートに相応しい会話』というものが予想外に思いつかず」

失望させてしまったのでは、と慌てて謝罪を口にしたが、思わぬ壁にぶつかってしまったと頭を悩ませる。

デートに相応しい会話とは一体どんなものなのか全く見当がつかない。

オロオロとしている私を見るに見かねたのか、ロワール様が呆れ顔で声をかけてくださった。

「はぁ、普通に話したらいいんだよ。俺達はお互いのことをほとんど知らないんだから、相手の気になることとか知りたいこととか。なんかないの？」

そう言われてみると、一番気になっていた疑問が自然と湧いてきた。

「あの、魔術師のお仕事とは普段どのようなことをされているのですか？」

「別に普通のことしかしてない。新しい魔術を開発したり、魔道具の改良をしたりかな。各個人が持つ生来魔術を汎用化する研究も……ってこの話面白いか？」

「はい、面白いです。この国にはない職業ですもの」

「あっそ」

　ロワール様のぶっきらぼうな応対に、少し緊張がほぐれた。

「もしかして今朝目覚めたらメッセージカードが届いていたのも魔術ですか？」

「……ああ、まあ。物や人を移動させるのは、転移魔術の基本だし」

　やはりあのメッセージカードはロワール様の魔術によって届けられたものだったらしい。

「ロワール様は、普段休日はどんなふうに過ごされているのですか？」

「特に何も。普段から職場と家との往復しかしてないな」

「家にはご家族とお住まいで？」

「いや、一人暮らし。家事は人を雇ってる。魔術師は給料悪くないし、使用人を雇うくらいは問題ないから」

　魔術師の方の生活を想像したときに、もっとファンタジーのような世界が広がっているのだろうと思っていたのだが、意外にも我が国と生活様式はそう変わらないようだ。

「失礼ですが、ご年齢は」

「今年二十四に……なんか、俺ばっかり質問されてないか？」

「ふふ、すみません。ロワール様のことを少しでも知りたいと思いまして」

　先程までの緊張が嘘《うそ》のように、すらすらと言葉が出てくるのは、ロワール様が堅苦しい方でないからなのだろう。

今まで会話する相手は主に、王太子妃教育の講師か商会運営に関する商談相手が中心だった。

こうして気を張らずに気軽に会話をするなんて、何年ぶりだろうかと思うと、つい口元が緩んでしまう。

そろそろ、日が傾いてきて麗《うら》らかな陽気が心地よい時間だ。

恋愛指南書にあった『とっておきの秘策』を実践するため、さりげなくロワール様を連れて人気の少ない木陰へと移動した。

そこへ持参した布を敷いて、脚を伸ばすようにして腰を下ろす。

そして立っているロワール様へ向かって、両手を広げた。

「さあ、どうぞ」

満面の笑みを浮かべた私とは対照的に、ロワール様はまるで苦虫を噛《か》み潰したような表情を浮かべた。

「……なんのつもりだ？」

低く唸《うな》るような声と同時に、まるで威嚇するような鋭い視線を向けられ、何か気に障ることをしてしまっただろうかと驚く。

恋愛指南書には『男性の誰もが喜ぶ、とっておきの秘策』とあったが、もしや彼の国では違う意味を持っていたのかもしれない。

慌てて姿勢を正すと、正直に自分の行動を説明した。

「デート中の休憩には、『膝枕』が効果絶大と本にあったものですから、実践しようとしてしまいました」

「は？　膝枕……？」

「お気に障ったのなら申し訳ございません」

謝罪を込めて頭を下げたまま、己の不甲斐《ふがい》なさからなかなか顔を上げられないでいると、今日一番の深い溜め息が聞こえた。

「……いちいち距離感がめちゃくちゃなんだけど」

先程と違った柔らかな声音に顔を上げれば、呆れた様子はそのままだが、ロワール様は顔を俯《うつむ》け額に手を当てて考え込んでいるようだった。

私の視線に気がつくと、小さく舌打ちをしたあとにこちらに大股で近づき、しゃがみ込んだと思うと膝に肘を乗せるようにして頬杖《ほおづえ》をつく。

目と鼻の先にロワール様の顔が現れ、つい緊張で視線が泳いでしまった。

「あの、何か間違っていたのでしょうか？　『膝枕』は男性に喜ばれるスキンシップの一つだと、本には書いてあったのですが」

「……そういうのは順序ってもんがあるんだよ。いきなりこんな人気のないような場所に連れてきて、無防備に両手を広げたら襲ってくださいって言ってるようなもんだろ。『膝枕』するにしたって、そういうのは肌が触れ合ってもいいくらいに親しくなってからするもので、出逢《であ》った次の日にするもんじゃない」

「そ、そうだったのですね」

まさか誘っているると思わせるような行動をしていただなんてと血の気が引いていく。

『膝枕』でさえ私がするには、ロワール様からの好感度が足りない状態なのに、なんとおこがましい提案をしていたのかと頭を抱えたくなった。

「アンタがこういうことに不慣れだってのは、身に染みて理解できたよ」

「本当に、なんとお詫《わ》びすれば良いやら」

青くなっていたであろう顔は、込み上げてくる羞恥で赤に染まりつつあるに違いない。

「まあいいや。アンタがそういうつもりじゃないってんなら、それでいい」

そう言うと、ロワール様は座っている私の隣にゴロンと横になった。

「ロワール様、よろしければ敷布を」

「いい。別に気にならない」

隣に寝そべるロワール様の前髪を、午後の穏やかな風が揺らす。

風に飛ばされないよう帽子を押さえながら、目を瞑《つぶ》っているロワール様を改めて見つめてみれば、想像していたよりも長い睫毛《まつげ》が揺れていた。

「隣同士というだけでも、案外距離が近いのですね」

「……『膝枕』してたらもっと近いはずだけど」

私の声に、ロワール様はうっすらと瞼《まぶた》を上げる。

「心地よい陽気ですね。お昼寝でもなさいますか？」

「……寝られると思う？」

「この日差しの明るさでは難しそうですね」

「そういう意味じゃなくて」

呆れたような口調ながらも、その表情は穏やかで、先程までとは違って少しリラックスしてもらえているようだった。

ロワール様は、横になったまま両手で顔を覆うようにして何かをもごもごと呟《つぶや》いている。

男性がすぐ隣で寛《くつろ》いでいるなんて不思議な感覚で、緊張しながらも、なんだか浮かれたようなフワフワとした心地だった。

「あのさ……アンタ、見た目によらず身体《からだ》が頑丈なタイプ？　それとも忍耐強いの？」

真剣な眼差《まなざ》しで投げかけられた不思議な質問に、つい首を傾《かし》げてしまう。

私の見た目が、病弱そうに見えてしまったのだろうか。

「身体が頑丈かどうかはわかりかねますが、病弱ではないと思います。幼い頃から厳しいと言われる王太子妃教育を受けてきたこともあり、粘り強さと忍耐力には自信があります」

そういえばロワール様は人を雇って家のことをしてもらっていると言っていた。

「褒賞に望んでいただいたあかつきには、ロワール様の身の回りのお世話くらいは私一人でもなんとかできると思いますわ」

「あー、そういう意味じゃなくて」

ロワール様は、何かを思案しながら言葉を選ぶようにして再びこちらを見上げた。

「……貴族のお嬢さんだったらよくあるだろ。ちょっとしたことで気を失って倒れるとか、その、体調が悪くなったりしやすいとかないのかと思って」

「その点は問題ありません。自分の足で踏ん張れるくらいの体力はございますから、ロワール様のお手を煩わせることはないと思います。なんでしたら、馬術であれば少々自信もありますわ」

ロワール様は、ふぅんと相槌《あいづち》を打ったきり、そのまま目を閉じてしまった。

確かに褒賞として連れ帰った相手が病弱で、しょっちゅう倒れられては迷惑をかけてしまうだろう。

「あの、アピールついでになのですが、今日のワンピースの色は、ロワール様の御髪《おぐし》の色を意識してみました」

ロワール様は細く目を開けてこちらを見てくれたようで、その視界に入れるようにと身体を傾けながら微笑《ほほえ》みかけてみる。

一瞬目が合ったかと思ったが、すぐに視線を外され、くるりと身体の向きを変えてこちらに背を向けてしまった。

「ご迷惑でしたでしょうか？」

「いや、悪くないんじゃね。……似合ってる」

ぶっきらぼうな物言いだが、確かに褒めてくださったことが伝わってくる。

心地よい風を感じながら、今のは良いアピールができたのでは、とつい頬が緩んでしまった。

その日はそのまま、木陰に並んでゆったりとした時間を過ごしたのだった。


昨日は失敗もあったものの、良いアピールができた。

そんな自信を胸に、新しいデートプランを抱えてロワール様の元を訪れる。

彼の部屋の前に立つと、昨日と同様にノックをする前に扉が開いた。

扉の向こうには、ローブを羽織ったロワール様が立っている。

「ロワール様、おはようございます。本日もよろしくお願いいたします」

「ああ」

短い返答を受け取り、ロワール様を部屋から連れ出した。

今日向かうのは、宿泊先からそう離れていない小洒落《こじゃれ》たカフェだ。

昨日読んだガイドブックの中から、ロワール様の宿泊先から徒歩圏内で、日中のデートで行くとなるとこの辺りだろうと目星をつけた店だった。

ちなみに本日のデートの最終目標は手を繋《つな》ぐことである。

恋愛指南書によれば、恋人同士のスキンシップの入り口は手を繋ぐことかららしい。

昨日の反省点を踏まえ、順序立てて親しくなれるよう、ひとまず今日はその入り口だけでも成功させて、ステップアップへの足がかりをつけておきたい。

隣り合って歩き他愛《たわい》もない話題を口にする間も、手を繋ぐという目標を意識してしまい、ついつい彼の手を見つめてしまっていた。

「……なに？　俺の手になんかついてる？」

しまったと視線を上げれば、こちらを怪訝《けげん》な様子で見つめるロワール様がいる。

「いえ！　すみません、考えごとをしていただけです」

己の下心を慌てて誤魔化した返答に、彼はふぅんとつまらなそうに返事をすると、着ていたローブを翻すようにして私の前に立った。

上背のあるロワール様を見上げると、腰を曲げたロワール様にずいと顔を近づけられる。

「このデートは俺を口説くためのものだよな？」

「おっしゃる通りです」

「それなら他のこと考えずに、俺のことだけ考えるべきじゃねぇの？　……それとも、俺を口説くよりも重要な、何か考えなければいけないことでも？」

口端を上げながらうっすらと目を細め、どこかこちらを探るようなロワール様の様子を不思議に思いながらも、不意に顔を近づけられたことで、思わず頬が熱を持ちそうになる。

まるでよそ見をするなと口説かれているような文句だと思いつつ、早鐘を打つ心臓の音を気付かれまいと冷静を装いながら、そのようなことはありませんと口にした。

どうやら私がデート中に別のことを考えていたと思われてしまったらしい。

「私は先程からロワール様のことだけを考えております」

「じゃあさっきなんで黙り込んだんだよ」

「それはその、世の中の恋人はどのようなタイミングで手を繋ぐのかと……」

私の言葉に、ロワール様は何度か瞬《まばた》きを繰り返すと勢いよく身体を引いた。

心なしか頬を赤らめているように見える。

「……そんなの繋ぎたいときに繋ぐもんじゃねぇの」

「では手を繋ぎたいと思ったら、どのように断りを入れるべきでしょうか」

「は？　なに、アンタ俺と手を繋ぎたいわけ？」

「はい、その通りです」

彼から問いかけてきた質問にもかかわらず、私の回答にロワール様はギシリと身体を強張《こわば》らせた。

その口はパクパクと動いているのだが声にならないようだった。

デートが始まっていきなり手を繋ごうとすることは、もしかしたら、はしたない行為だったのかもしれない。

「申し訳ありません。いきなり手に触れるという行為は、少し性急すぎました」

「は、いや別に」

「デート手順に則り、徐々に距離を詰めさせていただきますね」

力強く頷《うなず》いた私にロワール様は何か言いたそうだったが、口説くことを拒まれては困ると気付かないふりをした。

そうこうしているうちに、ようやく目的地のカフェに着いたと喜んだのも束《つか》の間、私は愕然《がくぜん》とした。

店の扉の前には『臨時休業』の貼り紙。

定休日もしっかりと確認していたはずだったのに、まさかこんなことが起ころうとは。

「申し訳ございません。まさか臨時休業だなんて……今から他のお店にご案内いたします」

昨日頭に入れたガイドブックを思い浮かべて、他にデート向けの飲食店を思い出そうとするが、気が焦っているためか上手《うま》く候補を捻《ひね》り出せない。

早く、この不手際を払拭しなければ。

ここから程近く、デート向けで雰囲気の良い、日中なのだからあまりかしこまりすぎていないお店は――。

「くっ」

不意に斜め上から漏れてきた声に、思わず顔を上げる。

見上げた先のロワール様は、こちらから顔を逸らすようにして肩を震わせていた。

どうやら笑っているようである。

「ロワール様？」

「いや、悪い。アンタがあんまりに思い詰めたような顔してたから、おかしくて」

「か、揶揄《からか》わないでください！　私は真面目に困っているのです」

私が言葉を返すと、悪い悪いと手を上げて謝罪の言葉を口にする。

「あそこの広場に人が集まってるのは、何かやってんの？」

彼が指したのは、下町の中心にある中央広場だった。

正午が近づいたこの時間は、大勢の人が集まってきている。

「ええ。あちらの中央広場には、お昼時に合わせて屋台が出ますから、お昼前後の時間は賑《にぎ》やかになりますわ」

「へえ、行ってみる？」

「ロワール様がご興味おありでしたら、ご案内いたしますわ」

きっと私を気遣って提案してくれたのだろう。

ロワール様の優しさに感謝すると共に、自分の不甲斐なさに肩を落とす。

昨夜詰め込めるだけ詰め込んだデートの知識も、実践できなければ意味がない。

中央広場に入れば、既に多くの屋台が準備を終えており、昼食を求めて人が集まり始めている時間だった。

「男性に人気なのは定番の肉の串焼きで、女性には最近他国から入ってきた果物を使った果実水が人気ですわ」

「詳しいんだな」

「この町で商会を経営していますから、流行《はや》りは分野を問わず押さえるようにしております」

ふうん、と相槌を打つとロワール様はキョロキョロと辺りを見回して落ち着かない様子だ。

「何か気になるものがありましたか？」

「いや別に、今まで人が多いところに外出する機会がなかったもんだから物珍しいだけ」

「まあ、人混みは苦手なのですか？　ではこちらに、少し離れた場所の方が落ち着くでしょうから」

「は？　おい、待てってて！」

先導して中央広場奥の木陰の長椅子に案内すると、ハンカチを敷いて、腰かけてもらえるようどうぞと誘導する。

「色々買って参りますので、こちらにおかけになってお待ちください。ロワール様は苦手な料理や食材はありますか？　あらかじめ外してご用意いたします」

「特にない。好き嫌いなんてしてたら食いっぱぐれるからな」

好き嫌いをしていたら食いっぱぐれるとは、ロワール様は大家族の中で育ったのだろうか。

聞いてみたいがまだ出会って数日、あまりぐいぐいとプライベートに踏み込んで嫌がられたくはない。

「では、行って参りますので」

「俺が行く」

「人混みの中に入ることになりますし、無理はなさらなくても……それに、先程の失敗を取り戻したいですし」

「アンタ一人行かせたら変な男が寄ってきそうだろうが」

そんなことはと否定しようとしたが、私の言葉を待つより先にロワール様は屋台の方へ歩き出してしまった。

歩幅の大きい彼の背中を、小走りで追いかける。

「アンタは何が好き？」

「屋台のメニューですか？　色々と口にしてみましたが、今一番気になっているのは例の果実水ですね。商会では飲食部門を持っていませんが、食品の輸入はやっておりますので継続的に人気が続きそうであれば手を出しても良いかなと」

「おい、仕事の話になってる」

「も、申し訳ございません」

「謝ってほしいわけじゃない。ただ、アンタの好みが知りたかっただけ」

「私の好み、ですか？」

聞き返した私の言葉に一瞬戸惑いつつも、言いにくいのかもごもごと口を動かしながらこちらを見つめる。

「好きな食べ物とか花とか、色々あるだろ。そういうの知らないと、後々困るだろうし」

ふいと視線を逸らされて、先程の質問が私への興味であったことに気付く。

ロワール様が私のことを知りたいと思ってくださったという事実に、頬が緩みそうになった。

「私も、ロワール様のことを知りたいです。その、不慣れなもので手順や段取りなど上手くいかないことも多いと思いますが、これからも貴方《あなた》に好かれるよう努力しますので、少しずつでも私に心を傾けていただけると嬉しいです」

「だ、から、アンタそんな恥ずかしい台詞《せりふ》を真顔で言うのホントやめろ」

恥ずかしい台詞を口にした覚えはなかったが、彼にとってはそう聞こえたらしく、その頬がうっすらと赤く染まっていることがわかる。

私の言葉に少しでも動揺してくださったのだとしたら、嬉しいことだと感じてしまう。

「……アンタは誰かと、ここに来たことがあるのか」

「え？」

「ここに屋台が集まることも知ってたし、前に来たことあるからなんじゃないのか？　ほら、例の婚約者とか」

「いえ、私が中央広場のことを知っているのは、商会経営でよく下町に出入りしているからです。それに婚約者と私的な用事で外出することはありませんでしたから」

「はぁ？　婚約者同士なのに？」

「ええ、それだけ私にご興味がなかったのでしょう」

悲しいほどに明白な事実だ。

私の言葉に納得したのか、ロワール様はそれ以上聞いてくることはなかった。

広場の中心部分には、昼食を求める人だかりができている。

それぞれの屋台に列ができている中で、とりあえずと一番近くの屋台に並んだ。

少し待ったものの順番がくれれば、店主が明るいかけ声で迎えてくれた。

「おっこりゃ別嬪《べっぴん》さんだ。兄ちゃん、可愛《かわい》い彼女連れて羨ましいなあ」

「は？　そんなんじゃ――」

「ご主人、誤解です。私達はまだ知り合ったばかりでして、これから好きになっていただく予定で努力している最中なのです。今日もこうやって」

「おい！　やめろ、言わなくていい！」

誤解を訂正しようと口を挟んだ私の言葉を、ロワール様は慌てたように遮る。

「あっはは！　兄ちゃんの様子だとそう遠くない未来に叶《かな》いそうだな。面白いお嬢さんにオマケしとくぜ」

そうなれば良いのですが、と口にしようとしたが、隣のロワール様から黙っていろと言わんばかりの視線を送られたので、商品を受け取ると微笑んでお礼だけを伝えた。

定番の肉の串焼き、流行りの果実水、ジャムを挟んだビスケットに燻製《くんせい》肉を挟んだパンなど二人で持てるだけ色々と買い込んでしまった。

ロワール様が店員さんと自然に話すからか、たくさんのオマケまで頂いてしまって中央広場の外れの長椅子に戻る。

肩肘張らなくていいと、そのままパンや串焼きに齧《かじ》りつくロワール様を見て、郷に入っては郷に従えと私も同じようにパンに齧りついた。

燻製肉の燻《いぶ》された良い香りが口一杯に広がり、いつもの食事とはまた違った美味《おい》しさを感じる。

「あまりこうやって野外で食事をすることはないのですが、美味しいですね」

「お貴族様だとそういう機会もなさそうだしな。あ、これも食べるか？」

ロワール様は肉の串焼きをこちらに差し出した。

――これは恐らく、昨日の恋愛指南書にあった好感度を上げる裏技を実践されている。

デートでは特に食事を共有することで親密度を上げられるらしいが、その中でも相手に手ずから料理を食べさせるという行為は、好意を伝えつつお互いの心拍を上げるという裏技として載っていた。

まさかロワール様がそれをご存じで、尚且《なおか》つ私相手に実践されるとは思っていなかったが、ここは私も腹を括《くく》るしかない。

「……それでは、僭越《せんえつ》ながら失礼いたします」

髪が邪魔にならないよう耳にかけつつ、彼の差し出した串焼きに顔を近づけて一口齧る。

男性に人気なのが頷けるしっかりした味つけだ。

「なっおい、なんで」

ロワール様の戸惑ったような声に顔を上げると、仄《ほの》かに頬を赤らめ焦った様子が見てとれる。

「どうかされましたか？」

「……これ、アンタに渡そうと思って差し出したんだが」

彼の言葉に一拍置いて、全身が火を噴くように熱くなった。

ロワール様から恋人同士のやりとりを求められているだなどと恥ずかしい勘違いをして、尚且つ実践してしまうなんて——。

「申し訳ございません！　デートの裏技として手ずから給仕させていただく方法があると本で読んだものですから、実践されているものとばかり」

「おい照れるな！　こっちも恥ずかしくなるだろうが」

彼は私の口にした串焼きをこちらにずいと差し出すと、もう片方の手に持っていた自分の串焼きを口に押し込むようにして食べ始める。

指摘された顔の熱を冷まそうとするが、落ち着こうとすればするほどかえって熱が上がっていくようだった。


「今日は色々と力不足で、ロワール様に逆にお気を使わせてしまい申し訳ございませんでした」

帰り際、宿泊先の宿屋まで戻る途中で、隣を歩くロワール様に小さく謝罪した。

念入りに調べておいたカフェが臨時休業だったことから始まり、『手ずから給仕』だと勘違いして終わるという失敗続きの一日だった。

失敗を取り返そうと焦るばかりで、当初目標としていた手を繋ぐという目的さえ途中すっかり忘れてしまっていたほどだ。

「……アンタ、クソ真面目って言われねぇ？」

ロワール様の声に顔を上げれば、ぽんと私の頭に彼の手が置かれた。

「別にこないだ会ったばっかなんだから、少しずつ知り合っていけば良いんだよ。今日がダメなら明日、明日がダメなら次の日に仲良くなれたら良いんじゃねぇの。それに今日だって俺は楽しく過ごせたけど」

慰めの言葉をありがたく感じながらも、己の不甲斐なさについ溜め息をこぼしそうになる。

「励ましてくださってありがとうございます」

込み上げるものを必死で抑えて、小さく頭を下げた。

「予定していたカフェも臨時休業でお昼は屋台の食事でしたし、あまりデートという感じにはならなかったのではと反省しております。実は、今日の目標は手を繋ぐことだったのです。昨日の反省を踏まえて順序立てて距離を詰めていくつもりでしたが、スキンシップの入り口である手を繋ぐことを飛ばして、一足飛びに『手ずから給仕』に及ぶなど、おこがましい勘違いしてしまった自分が情けなくて……」

思わず唇を噛み締めていると、隣から小さな舌打ちが聞こえて反射的に顔を上げた。

視線の先のロワール様は、額を手で押さえながら呻《うめ》くような声を上げていたが、勢いよくこちらに彼の手が差し伸べられる。

「これは」

思わず心の声をそのまま口に出してしまうと、ロワール様は眉間に皺《しわ》を寄せて低く呟いた。

「……順番通りにしたいんなら、同じ日に手を繋いどけば問題ないだろ。ほら、手繋ぐのか、繋がないのかはっきり――」

「繋ぎたいです！」

彼の声に被せるようにして、両手でその手を掴《つか》んでしまった。

こちらの要望を伝えたために、ロワール様に気を使わせて得た機会となってしまったが、せっかく繋げたのだからと彼の手を両手で包むように握りしめる。

「……これは、手を繋いでるっていうより握手だろ」

指摘されてみれば、恋人同士の手の繋ぎ方というよりは、外交の会談で交わされるようなそれである。

「でも、嬉しいです。ロワール様にご提案いただかなければ、こうやって触れることもできませんでしたから」

大きくて温かくて、そして少しだけカサついているその手を見つめ、確かめるように指を動かすと、ロワール様はびくりと身体を揺らしたようだった。

「……別に、手が繋ぎたければそう言えばいい。そのくらいの希望なら、いつだって叶えてやれる」

ぶっきらぼうな物言いだが、私の希望に寄り添ってくださる気遣いが見えて嬉しくなる。

繋いでいる手から伝わる確かな体温と、ロワール様の優しい気遣いの言葉に、うっかりとこちらが心温められてしまったのだった。


『外食デート』は失敗してしまった。

帰り際に気にすることはないとフォローしていただいたとはいえ、二日連続で失敗をするわけにはいかない。

今日こそは、と気持ちを新たにロワール様の元へと馬車を走らせた。

手元には、下町で一番人気の大衆舞台のチケットがある。

ロマンティックな恋物語らしく、なんでもこれを観《み》た男女は大いに盛り上がるとか。

詳細はわからないが、評判の良い舞台なら安心だろうと、今日は『観劇デート』をする予定にしていた。

さすが人気の演目だからか、劇場はほぼ満員という様子だった。

手に入れたチケットは前列の方で、なかなか良い席のようだ。

「最近一番人気の恋物語らしいですわ」

「へぇ」

返事をしながらロワール様はローブの中から、小さな黒曜石のブレスレットのようなものを取り出して腕につける。

装飾品をつけることに少し驚いたが、ロワール様は黒曜石を好まれると知ることができたことは内心嬉しくもあった。

舞台は、政略結婚させられそうになった御令嬢が、紆余曲折《うよきょくせつ》の末に幼馴染《おさななじみ》の騎士と駆け落ちをするというお話だった。

感動的な結末に周囲からは啜《すす》り泣くような音も聞こえてくるが、私はといえば、隣のロワール様の様子が気になってあまり内容が入ってこなかった。

恋愛劇にあまり馴染《なじ》みがなさそうなロワール様だが、意外にも終始真剣に観ている様子に、楽しめているだろうかと早く感想を聞きたくて仕方ない。

舞台が終わってみれば、周囲の観客は感想を語り合いながらも徐々に席を立ち始め、ひしめくほどに劇場に集まっていた人々は一人二人と去っていく。

入り口付近で騒《ざわ》めく人々の声が聞こえる中、人もまばらになった劇場内で、座ったまま隣のロワール様を見上げた。

「随分と熱心にご覧になられていたようですが、いかがでしたか？」

「……あの幼馴染の騎士は、気持ちを伝える以前から相当長い間、隠れて主人公のことを想《おも》ってたようだけど、ああいう重い男はアンタ的にはどう？」

「素敵だと思いますわ。長年一人の相手を想うことのできる一途《いちず》さは魅力的だと思います」

まるで噛み砕くように「そうか」と相槌を打ったロワール様は、何かを思案しているようだった。

人混みが苦手だと聞いていたので、入り口の人混みが空いてから会場をあとにする。

劇場があったのは下町の中心街なので、そのまま周辺を散策することにした。

演劇が終わったばかりの周辺は、観客で溢《あふ》れていてなかなかに賑わっている。

「ロワール様、どこか行きたいところや見たいものはありませんか？」

隣を見上げたそのときだった。

強い力で肩を引かれ、気がつけばロワール様の腕の中に抱きしめられるようになっている。

突然の状況に混乱していると、私が立っていた辺りに大柄な男性が派手な音を立てて倒れ込んだ。

「わああっすみません！　ふざけてて周り見えてなくて……大丈夫ですか？」

慌てて駆け寄ってきた男性は、起き上がろうとしている相手に手を貸している。

どうやら近くでふざけていた集団の一人が、私にぶつかりそうになっていたらしい。

「気をつけろよ。浮かれるのもほどほどにな」

「すみません！　お嬢さんも驚かせてすみませんでした。ほら、早く行くぞ」

ロワール様の注意に小さく頭を下げて、騒がしい集団は去っていく。

気がつけば、抱き合った状態の私達だけが残っていた。

密着しているところから、ロワール様の体温が伝わってくる。

動けないままの私に気付いたのか、ハッと我に返った様子のロワール様はゆっくりと腕の拘束を緩めた。

「わ、悪い」

「いえ、私の不注意で」

助けていただいた御礼をと、抱きしめられた状態で小さく頭を下げるが、高鳴る鼓動が収まってくれる気配がない。

社交のダンスでも男性と触れ合うことはあるが、こんなに密着したことはなく、しっかりと抱きしめられたのは初めてのことだ。

往来の多い大通りで抱き合うような格好になってしまったため、周囲の視線が集まってくるのを感じて、慌てて距離をとった。

まだロワール様の温《ぬく》もりが衣服に残っていることが、まるで彼に守られているようでフワフワとした心地になる。

「助けてくださってありがとうございました」

改めて御礼と共に頭を下げると、目の前に彼の手が現れた。

「危なっかしいから、今日は馬車までアンタを送る。また人に潰されそうになられても困るしな」

顔を上げれば、照れくさいのかそっぽを向いて手を伸ばしているロワール様がいた。

昨日私が手を繋ぎたいと話していたことを覚えていてくれたのだろう。

私の希望を叶えてくれようとしているロワール様の優しさに、つい笑みがこぼれてしまう。

「ご厚意に甘えさせていただきますね」

その手を取ると、彼に引かれるようにして歩き出す。

前を歩く背中を追いかけながら、しっかりと繋がれた手が、ロワール様の体温を伝えてくれていた。

少し離れた場所に停めていた馬車まで着けば、離れて護衛をしていた従者が近づいてくるのが見えた。

名残惜しいが、繋いだ手を離してもらおうとロワール様に声をかけようとすると、その手を引かれて彼の腕に抱きしめられる。

「あ、あの？」

先程は人とぶつかりそうになったところを庇《かば》ってもらっただけだったが、今近くに人通りはなく、避《よ》けなければいけないものもなかったはずだ。

何か理由があるのかと思いながらも全く思いつかず、窺《うかが》うように顔を上げれば、こちらを見下ろしているロワール様と視線が合った。

「あー……驚かせて悪かった。俺の国では、別れるときに挨拶のハグをするんだ。だから、これは普通っていうか当たり前というか」

バツが悪そうに視線を逸らされてしまったが、文化の違いであれば納得がいく。

もしかして好意からくる抱擁かと思ってしまったことを恥じて、顔を引き締めた。

「まあ、そうだったのですね。驚いてしまいお恥ずかしい限りです。それでは、僭越ながら私からも挨拶のハグを失礼いたします」

そっと背中に腕を回して抱きしめると、驚いたのかびくりとロワール様の肩が跳ねたのがわかった。

まさか私から、祖国の挨拶を返されると思っていなかったからだろう。

挨拶のハグを終えれば、ちょうど護衛の従者が側に来ていた。

「それでは、ご機嫌よう。ロワール様とまた明日お会いできることを楽しみにしております」

一礼をして、にっこりと微笑みかける。

今日は観劇も楽しんでいただけたようだし、昨日の汚名は返上できたはずだ。

往来で抱きしめられたときは驚いたが、挨拶で抱擁を交わすような習慣があるならば、彼にとっては本当に人助けのようなものだったのだろう。

私ばかり動揺してしまったことは恥ずかしいが、またこれから挽回《ばんかい》していけばいい。

ロワール様はなんだか戸惑ったような様子ながらも、こちらに笑顔を返してくれた。

「ああ、俺も……楽しみにしてる」

従者の手を借り、馬車に乗り込む。

結局馬車が走り出すまで、ロワール様はその場を離れず、最後まで見送ってくださったのだった。

三　変化

連日寝不足の身にも太陽光は燦々《さんさん》と降り注いでくる。

広い公園の木陰で、私はゆっくりと呼吸を整えていた。

ロワール様の宿泊先から少し離れた場所で馬車を降り、真っ直《す》ぐ宿屋に向かっていたが、その途中ふと先日のデートで利用した公園が視界に入り、考えを纏《まと》めるためにもと少しだけ休憩を挟むことにした。

今日は下町にある商会に顔を出してから来たため、いつもより遅い時間の訪問になってしまった。

毎日早朝から下町へ向かうことについて、家の者には商会運営に力を入れるためだと伝えている。

あれから、ロワール様に会いに行く時間を確保するために、王城へ王太子妃教育の一時中断を申し入れた。

そもそも教育課程はほぼ終了していたので問題なく受け入れられたが、あんなに勉強熱心な私が体調でも崩したのではないかと数人の講師の方からは心配の手紙を頂いた。

この数年間、王太子妃教育に没頭していた私が急に中断を申し出たのだから不審にも思うのだろう。

事情を話せないのは心苦しいが、先生方には当たり障りない返信をしておいた。

そうして作った時間で、邸《やしき》にあったあらゆる恋愛に関する本を読み漁《あさ》った。

最近流行《はや》りの御令嬢向けの『マリア・ハウベルの甘い夜』から夫人方が好むという『騎士の純愛』、貴族男性が読むような恋愛実用書まで、夢中になって読んでいると気がつけば空が白んでいるなんてしょっちゅうで、焦って寝ようとしても本の内容に気持ちが高揚していたせいか一向に眠れず羊を数える努力をしたほどだ。

――世の御令嬢はあんなに過激な恋愛を経験しているのね。

閨《ねや》については殿方に任せるべきとほとんど学ぶことがなかったせいか、恋愛に関する書籍の中の甘いやりとりは刺激的だった。

正直、私には圧倒的に恋愛の知識が足りていない。

これからロワール様に好きになっていただかなくてはならないのに、今の私は完全に経験値不足だった。

あれから既に一週間毎日彼に会いに行っているが、恋愛小説にあった逢引《あいび》きや恋愛指南本を参考に外食や散策、大衆舞台を楽しんでいるのが現状だ。

以前彼が『魔術師は愛が重い』と言っていたが、一緒に過ごしていても普段接する人々となんら違いはないように思えた。

一つ違う点をあげるならば、毎回私が宿泊先を訪れるとノックをする前に扉を開けてくれるくらいだが、きっと初日につけた魔術の痕で気配に気付いてくれるのだろう。

日々の訪問でロワール様が嫌がる素振りを見せることはないが、距離が縮まったかといえばそうでもないように感じる。

早く確実にロワール様から褒賞として求めてもらえるよう何か手を打たねばと思い、さりげに邸のメイド達に男性の心を掴《つか》むにはどうしたら良いか尋ねてみると返ってきたのは皆同じ答えだった。

『それはもちろん身を寄せて触れ合うことです。そこから身体《からだ》の関係に持ち込むんですよ』

メイド達は相手を王太子だと思っているのかキャアキャアと楽しそうに話してくれたが、ロワール様と一夜を共にしてしまえば一応婚約者がありながら他の男に純潔を捧《ささ》げたという不実ができあがってしまう。

最後まで――乙女を散らす前くらいでなんとかロワール様を籠絡できないだろうか。

「お嬢さん、待ち合わせ？」

急に降ってきた声に顔を上げると、知らない男性がこちらを覗《のぞ》き込んでいる。

今日は下町風の薄紫色のワンピースを着ているし一見して貴族女性だとは気付かれないとは思うが、突然声をかけてきた年若そうな男性を怪訝《けげん》な顔で見つめた。

「やだな、怖い顔で見ないでよ。さっきからずっとここに立ってるから誰か待ってるのかなって」

「お気遣いありがとうございます。人を訪ねに行く途中なのですが、少し考えごとをしていただけなのです」

ここはロワール様の宿泊先の目と鼻の先にある公園だし、近くには護衛も控えているはずだ。

「そうなんだ。会いに行く相手って恋人？　良かったら案内しようか？」

人懐っこい笑みを浮かべて声をかけてくれる男性に、ただの親切だったかと小さく安堵《あんど》する。

「いえ恋人という間柄ではありません」

「そうなの？　じゃあ俺立候補しようかな。行き先どこ？　道案内するからそこまで話しよ」

そう言い終わる前に相手が私の手首を掴んだ瞬間、チリッと痛みが走った。

驚いて手を引くと、痛みが走ったその箇所で、ロワール様がつけた紅《あか》い紋様がほんのりと光を帯びている。

「えっなにそれ？　特殊な刺青《いれずみ》？」

「これは、えっと――」

なんと説明すれば良いのかと頭を悩ませていると、肩をポンと叩《たた》かれる感覚がして、次の瞬間目の前の景色が一変していた。


先程まで公園にいたのが嘘《うそ》のように、目の前に広がるのはロワール様の宿泊先である。

「……アンタなにナンパされてんの」

背後から降ってきた声に振り返ると、機嫌の悪そうなロワール様が立っていた。

彼の背が高いため、向き合おうとすると自然に顎が上がった。

「今日も俺のこと口説くんだよな？　そのために来たんじゃねぇの？」

「その通りです」

「じゃあ他の男に笑いかけんな、よそ見すんな、触らせんな」

他の男性が介入してきての不機嫌、これは『マリア・ハウベルの甘い夜』にも似たようなシーンがあった気がする。

これはもしや嫉妬してくれたということなのだろうか。

「……おい、なんで嬉《うれ》しそうなんだよ」

「すみません、もしかしたら嫉妬してくださったのかと期待してしまって。今日も精一杯ロワール様を口説かせていただきますのでよろしくお願いいたします！」

勢いよく頭を下げると、彼の掌《てのひら》がポンと私の後頭部を優しく叩き「ん」と短い答えが返ってきた。

「先程の移動はロワール様の魔術なのですか？」

「ああ。アンタの姿も見えてたし面倒くさくなりそうだったからこっちに飛ばしただけ」

「そうなのですね。魔術を体験したのは初めてで新鮮でしたわ。あっでも護衛には前もって話しておかないと心配をかけてしまいますね」

「護衛は見えたらこっち飛ばしとくよ。ここでは魔術障壁もないしアンタ一人守るくらいなら俺一人で十分だから、なんなら明日からなしでいい」

確かに人一人を容易《たやす》く移動させてしまえるような魔術師にとってみれば、私一人を守るくらい造作もないことなのかもしれない。

「わかりましたわ。では今日はどちらに行きましょうか？　珍しい東方のお茶を出すお店や南方の菓子を出すお店など色々調べて参りまして」

「今日は外に出なくていい。部屋で過ごそう」

「そうですか。ではお茶の準備を――」

「いい、じっとしてて」

ロワール様の腕がそっと背中に回り、優しく包んでくれる。

毎回別れの前には、彼の国の習慣である挨拶のハグをしていたので、触れ合うことに対しては少しずつ免疫がついてきていた。

「……なあ、なんで俺のこと恋人じゃないっつったの」

一瞬何を言われたかわからなかったが、先程の見知らぬ男性との会話を思い出し、同じ場所にいなくても聞こえていたことに驚く。

「私はまだロワール様を口説いている途中ですので」

「はぁ、クソ真面目なのも考えものだな」

彼は私を抱きしめたままソファに腰を下ろし、私はそのままロワール様の膝の上に乗るような体勢になる。

「ロワール様、私が乗っていると重いでしょうから」

「重くないいし、アンタの太腿《ふともも》柔らかくて気持ちいい」

ロワール様の指がつと太腿をなぞると、まるでそこに神経が全て集まっていくかのようなくすぐったさが走った。

下町風のワンピースは生地が薄いためか、服の上から触れているはずなのに彼の体温がはっきりと伝わってくる。

「あの、少しくすぐったいです」

抗議の声と共に膝の上から降りようと試みるも、優しく包まれているはずなのに腰を掴んでいる彼の腕はびくともしなかった。

「身体ごとこっち向けて」

そう言うが早いか、気がつくと彼の膝を跨《また》いでソファの上に膝立ちになっていた。

そのまま腰を引き寄せられ、彼の顔が私の胸元に寄せられる。

ふわりと、鈴蘭《すずらん》のような涼しげな香りが漂った。

「ロワール様、あの」

「アンタ普段砂糖とか花の蜜とかばっか食ってんの？　甘い匂いしかしないな」

さすがに恥ずかしくて小さな抵抗をしてみるも、ロワール様の腕が解かれることはない。

「……ここ数日、体調崩したり気分が悪くなったりしてないか？」

「そんなことはありませんわ。すこぶる元気なくらいです」

「顔色、少し悪いみたいだけど」

それは深夜まで読書に励んでいたからに違いないだろうが、それでも朝からこうやって下町におりてこられるくらいには元気が有り余っていた。

「読書のしすぎで睡眠不足なのは否めませんが、最近は日中あまり疲れが残らないのでやはり調子は良いと思います」

「そっか、やっぱり魔力酔いしないのか。むしろプラスに働いた可能性もあるとすればもっと近づいても平気かな」

腰に回されている腕にぎゅっと力が込められる。

胸元に彼の顔が押しつけられて、柔らかなそこは形を変えていた。

「あのロワール様、魔力酔いとはなんですか？」

「ああ、この国には魔術師がいないんだったな。どっから説明したらいいかわかんないけど、魔術師の特徴って知ってる？」

「いえ、お恥ずかしながら」

そこからロワール様は魔法と魔術の違い、魔術師の特性を教えてくれた。

簡単に言えば、魔法は自然や精霊の力を借りる原始的なもので、魔術は人の感情や精神の揺らぎから発生するエネルギーを魔力として利用する人為的なものと区別される。

優秀な魔術師は精神的な振れ幅が大きく、感情が揺らぎやすいのだそうだ。

「強い魔術師は一緒にいるだけで、その気配が相手の精神に干渉することもある。魔力酔いは、魔力の影響で体調を崩すってことで、息苦しさとか吐き気とかが主な初期症状。魔力酔いを防ぐために、魔力を抑える『魔封じ』って道具もあるにはあるが、一つの魔封じが抑えられる魔力量にも限度がある。俺は国の中でも魔力が多い方だから、魔封じをつけた状態でも魔力酔いされることはしょっちゅうだったし」

彼の言う息苦しさや吐き気を最近感じたことはない。

魔力がどのようなものなのか、まだはっきりと理解できていない状態ではあるが、確かに私には魔力酔いの症状は出ていないようだった。

「どうして私は平気なんでしょう？」

「アンタの場合、魔力がないのもあるけど精神的なもんじゃね？　だってなんかアンタ、真面目で頭固そう」

「悪口ですよそれ」

「いや褒めてる褒めてる。自分が思い込んだら曲げずにひたすら進もうとする頑固な精神が、魔力酔いしにくいのかも」

褒められているのか貶《けな》されているのかわからないが、私の胸元にゆっくりと顔を擦《こす》りつけながら彼は少し甘えているように見えた。

強い魔力のせいで今までこうやって人と触れ合うことができなかったのだろうか。

「前に今まで女性に嫌厭《けんえん》されてきたとおっしゃっていましたが、それが原因ですか？」

「まあな。俺の国はほとんどの国民が魔力を持ってるから、一緒にいると吐き気や目眩《めまい》に襲われる女性も多いし、それにわざわざ魔力が強いとわかっている相手と恋愛しようなんて思う奴はなかなかいない」

「なぜ？」

「魔術師は愛が重いって言っただろ。他国ではそういう表現になるんだろうけど、自国でよく聞く話が強い魔術師ほど一度懐に入れると嫉妬深く執念深く執拗《しつよう》に相手を求めるらしい」

それのどこが困るのかがさっぱりわからず、未《いま》だ胸元に顔を埋めるロワール様の頭を見つめる。

濃紺の髪は少し硬そうで、そっと指先で撫《な》でてみると、なるほど予想通りに硬めの艶やかな感触だった。

「……だから、俺も例外じゃないって言いたいんだけど伝わってる？」

「もちろんです。私もロワール様以上の愛をお返ししたいと考えております」

「はぁ、もうこれ信じていいの。俺本当にアンタのこと離せなくなるよ」

もちろんですわと肯定の返事と一緒に、ロワール様の後頭部に腕を回し頭頂部に口付けを落とした。

「ちなみに魔力酔いになる場合で、一番軽いのが一緒にいるだけでなる症状。次に酷《ひど》いのは直接魔力を流されたときで、一番酷いのは興奮状態で直接接触――まあ性交渉したときだね」

「それでは初夜も大変なのでは？」

結婚して初めての夜に魔力酔いになっては、大切な思い出が台無しになってしまいそうである。

「ああ、この国は処女性を重視する風潮があるのか」

「昔は身分にかかわらず厳しく言われておりましたが、今では高位貴族の子女くらいしか言われないかもしれません」

「俺の国では婚前交渉は推奨されてる。厳密に一夫一妻制が定められてる上に、結婚後優秀な子孫を残すことの方が重視されるから」

「優秀な子孫というのは魔力が高いということですか？」

「そうそう。子供の魔力の高さは夫婦同士の愛の深さによると言われていて、夫婦の結びつきが深ければ深いほど優秀な子孫に恵まれるとされてる。だから婚姻後の夫婦に魔力酔いを含む性の不一致を起こさせないために、婚前交渉で相性を見るわけ」

　説明をし終えると、ロワール様は私の胸元から顔を上げた。

　こちらを見上げられているからか、年上の男性なのになんだか幼く感じてくる。

「……ねぇ。魔力酔いの第二段階、試していい？」

「魔力を流すのですよね？　どうやってされるんですか」

「一番簡単なのは粘膜接触。口付けすることだけど、粘膜同士を合わせたいから深く触れさせてほしい」

「く、口付けですか⁉」

「初めは興奮しないよう軽いのから始めるから。興奮したら流れる魔力が濃くなる可能性あるし」

こちらをじっと見つめる彼の瞳に、私はゆっくりと頷《うなず》く。

ロワール様を口説き落とすためには、いつかは通る道であるし、私を求めてもらえるならば応えるのみだ。

膝で支えていた身体を、ロワール様の膝の上に落とす。

向き合うと上背のある彼の顔は、視線を少し上げたところにあった。

少しずつ近づいてくる彼の顔に身を引きそうになるが、力強い腕がそれを許してくれない。

「……じっとしてて」

思わず瞳を閉じると、そっと唇に柔らかなものが当たった。

何度か触れて離れてを繰り返したあと、ゆっくりと角度を変え啄《ついば》むように私の唇を食《は》み、ぬるりと侵入してきた温かいものが舌先に触れた。

触れた瞬間驚いて引っ込めてしまったものの、柔らかなその感触が追いかけてきてそのまま搦《から》め捕られる。

ロワール様の指が首筋から輪郭にかけて辿《たど》りながら、私の顔を上向かせていく。

私が拒否しないことに安心したのか、口内に侵入した熱い舌は上顎を擦り歯列をなぞり私の舌を何度も吸い上げ味わうように蹂躙《じゅうりん》していた。

彼の魔力がどうやって流れているのかわからないが、その熱い感触にただただ熱に浮かされるように力が抜けていくのがわかる。

舌先が痺《しび》れ、胸の奥に熱が灯《とも》り、下腹の底がジンと痺れたように切ない。

静かな部屋に淫靡《いんび》な水音が響いて、じゅるじゅると耳に入ってくるその音も余計に私の中の熱を掻《か》き立てた。

「は、んっ」

溺れるような深い口付けの合間に必死に空気を吸うと、ロワール様はまた噛《か》みつくように唇を重ねてくる。

身体に籠《こも》る熱と下腹に感じる疼《うず》きにふと身体の力を抜くと、力強い腕が私の腰を支えた。

絡んでいた舌が自由になり、名残惜しそうに唇を啄みながらも、口端から溢《あふ》れていたものをその熱い舌で舐《な》めとるとそっと顔を離された。

やっと目を開けると、心配顔のロワール様がこちらを覗き込んでいる。

「どっか気持ち悪いとことか、違和感とかある？」

あまりに現実離れしたフワフワとした感覚に、夢の中にいるような錯覚に陥る。

不快感はどこにもないが、ただ胸の奥が熱く下腹に溜《た》まった疼きが暴れているくらいだった。

「えっと、強いて言うなら下腹辺りが切ないような感じです」

「……それは、男を煽《あお》るだけだから言わんでいい」

私の言葉を聞いて直ぐに顔を赤く染めたロワール様は、思わずといったように視線を逸《そ》らした。

その様子に自分がはしたないことを言ってしまったことに気付いて、顔面に熱が集まっていく。

「大丈夫そうならもう少し続けていい？　ちょっとずつ、流す魔力量増やすから」

「もちろんです」

私の答えを聞くと、また彼は優しく私の唇を塞いだ。

正直魔力に関してはどのように流されているのか、どのくらいの量が流されているのかも見当がつかない。

ただただ彼の熱い舌が私の口の中を蹂躙するのを感じながら、ひたすらに快楽の波に溺れていったのだった。

四　予期せぬ訪問

　口付けを交わした日からロワール様とのデートは、室内で過ごすことが多くなった。

　珍しいお茶や街で流行《はや》りのお菓子などを持参して、楽しい時間を過ごしていただけるよう努力しているが、忙《せわ》しなく動き回る様子が気になるのか、隙あらばロワール様の腕の中に閉じ込められ、口付けを繰り返す日々が続いていた。

　浅く深く口付けて、私の調子を窺《うかが》いながら、また蕩《とろ》けるような長い口付けに溺れさせられる。

　毎日繰り返される思考を溶かされるような時間に、最近では帰る頃には足に力が入らず、彼の宿泊先からお忍びの馬車まで支えてもらうことが多くなっていた。

　馬車に揺られながら、侯爵邸への帰路をぼんやりと眺める。

　あれほど深い口付けをくださるのに、私達の関係はその先へは進んでいない。

　たまに触れていいかと了承を求められ、服の上から胸や臀部《でんぶ》を摩《さす》ったり包むように触れられたりすることはあるが、それ以上に進むことはなかった。

　ロワール様は本当に私のことを大切にしてくださっているのだ。

　それを実感すると、急に胸の奥に温かいものが込み上げてくる。

　最近では私が口説きに行っているのか、口説かれに行っているのかわからない。

それくらい、彼の優しい口付けに毎日溶かされ絆《ほだ》されて、自分の中でのロワール様への好意が隠しきれないようになっていた。

自邸に戻ると、なんだかいつもと様子が違った。

出迎えの者に理由を尋ねようとすると、玄関ホールから人影が飛び出してきた。

慌てた様子で駆け寄ってきたのは、二つ下の弟だった。

自邸で過ごしていたはずの彼がなぜ正装をしているのかと不思議に思っていると、駆け寄ってきた勢いのままに腕を掴《つか》まれる。

「姉上、大変です！　先程突然王太子殿下が訪問されまして」

突然の訪問者の名前を聞いて、先程まで私を高揚させていた熱がスッと引いていく。

真っ青になった弟は、今にも泣きそうな顔で私を見つめた。

「不在を伝えましたが姉上の帰りを待つと応接室でお茶を、今はお母様が対応されていますが……姉上が早く帰ってきてくださって良かった」

「アレク、心配をかけてごめんなさい。直《す》ぐに準備を整えて伺いますわ」

アレクの背中を軽く叩《たた》くと、安心したのかいつもの様子に戻り、急《せ》かすように私の手を引いて邸内に迎え入れた。

もうすぐ十六歳になるアレクは私の背などとっくに追い越してしまっているのに、未《いま》だに甘え癖が抜けない。

それでも次期侯爵としての勉強は真面目に励んでいると聞くし、貴族学院での評判も悪くない。

家族の前でくらい気を抜かせてあげようと思ってはいるが、もし私がロワール様と共に自国を離れる場合だと少し心配が残るなとふと考えていると、ほんのりと手首の痕が熱を持った気がした。

最近たまに熱を持つこともあるので、気にせずメイドに指示を飛ばし、応接室にいる母への言づけと身支度を整えに行く。

先触れもなしに突然訪問されたのはあちらなのだから、そこまで気を使って準備することもない。

自邸で寛《くつろ》ぐときに着る普段使いのドレスを着用し、簡単に身支度を済ませて応接室へ向かった。

「ルイス様、お待たせして申し訳ございません。我が侯爵邸へのご訪問ありがとうございます」

「こちらこそ突然訪ねてしまってすまない。君に話があってね、侯爵夫人お相手いただき感謝します」

ルイス様の柔らかな声に、会釈をした母は私に笑顔を向けて退室していった。

しばらく訪れのなかった婚約者の訪問を喜んでくださっているのだろう。

「側妃の件はどう？　結論は出たかい？」

第一声がコレな相手をどうやって歓迎すればいいのか。

私の中で結論は出ているのだが、婚約関係を解消できていない今、表面上は来訪を喜ばなくてはならない。

「私にも思うところもございますし、今暫《しば》しご猶予いただければ幸いです」

「そうか、アメリアの今までの努力を活かす提案でもあるし、是非前向きに検討してほしい」

長い脚を組み替えこちらに向かって微笑《ほほえ》みを深くするルイス様は、まさに物語の中から出てきた王子様そのものである。

彼の口から、私の気持ちを踏み躙《にじ》る発言が飛び出しさえしなければ。

「本日のご用はその件ですか？」

「いや、来月の祝勝会の件で相談があってね」

祝勝会の単語に、一瞬息を詰める。

それは先の隣国との小競り合いに勝利したことを祝う戦勝祝賀会のことだ。

私はその日、ロワール様に褒賞として望まれ、今のしがらみから抜け出す予定である。

「私達は婚約関係だから服装を揃《そろ》える必要があるだろう？　ただ、リリアが私と服装を揃えたいと強《ね》請《だ》ってきていてね。ドレスを贈るのも自分だけにしてほしいと聞かないんだ」

「はぁ」

あまりの内容に、つい呆《あき》れ声が漏れてしまった。

どうでもいいが、二人の恋を盛り上げるためのスパイスとして私を使うのはやめてほしい。

「それでは私のドレスは自分で用意しますし、服装も一部の色味を合わせる程度に控えましょうか」

「だが今はまだ対外的には私達は婚約者同士だろう？　そうすると、あからさまにリリアと服装を合わせるわけにもいくまい」

「……それでしたら、対になっている宝飾品を身につけてはいかがですか？　また服装も一部同じ生地を利用するくらいにされれば目立たないかと」

「ああ、それはいい考えだね。さすがアメリアだ」

ルイス様は満足げに微笑んでいるが、一体私のことをなんだと思っているのだろうか。

貴族学院に通わなかった私はリリア様と直接的な面識もないし、ましてや二人を取り持ったこともない。

なぜ婚約者である私が浮気相手への気遣いを提案しているのかと考え始め、思考を止めた。

考えるだけ無駄だ。

もう少しだけ辛抱すれば、私は自由の身となるのだから。

「そういえばリリアが言っていたが、今王太子妃教育を中断しているのかい？」

「ええ。教育課程は既に終えていたのもありますし、今は経営している商会の運営と現地視察に力を入れていますわ」

数日に一度はロワール様に会いに行く前に商会に顔を出しているから、嘘《うそ》はついていない。

下町におりていることをルイス様に印象づけることも、私達が偶然出会ったことにしたいというロワール様の条件を裏づけてくれることだろう。

それにしても、婚約者の近況を浮気相手から聞くというのはどういうことなのか。

まあ、それほど私に興味がないということなのだろう。

「アメリアは目のつけ所が良いと講師の方も褒めていたし、君が手を入れれば王都の経済も活性化す

たい。

どうかリリア様と末永くお幸せに、我が侯爵家を含む国民達が幸福に暮らせるよう導いていただき

婚約者でなければ、執務能力や人心掌握などは優れた方なのだ。

「もったいないお言葉です」

るかもしれないな」

「では私は当日、白と青を基調とした服装になると思うから上手《うま》いこと合わせておいてくれ」

「畏《かしこ》まりました。青のレースを一部含む程度に抑えておきます」

「助かるよ。ああ、エスコートなんだが」

「どうぞリリア様と」

ルイス様の言いたいことを察して、その言葉を遮るようにして笑顔で告げる。

「そうかい？　実は先程アレクが君のエスコートを任せてほしいと私に言ってきたのだが」

貴族学院に通っているアレクが、ルイス様とリリア様の関係を知らないはずがない。

姉想《おも》いの優しい弟なのだ。

今日の訪問がリリア様の件ではないかと考え、弟なりに気を使ったのだろう。

同じ結果でも、ルイス様が私を選ばなかったのではなくアレクが私をエスコートしたかったという

理由をつけて、私が傷つかないようにしてくれようとしたのだ。

「アレクがエスコートしたいと駄々をこねておりましたので助かりましたわ」

「そういうことなら遠慮なくリリアをエスコートさせてもらうよ」

ルイス様は美しい微笑みをこちらに向けると、用件が済んだのか扉の方へと向かう。

見送りのため立ち上がろうとすると、ポンと頭に何かが置かれた。

「アメリア、顔色が少し悪いね？」

私の頭に置かれたのがルイス様の手だとわかり、顔を上げると心配そうにこちらを覗《のぞ》き込む青い瞳と視線が合う。

その瞬間、手首の痕に焼けるような熱が走った。

「うっ！」

反射的に手首を押さえると、そのままソファに座り込んでしまう。

「アメリアどうかした？　どこか痛むのかい？」

私の様子に驚きの声を上げてこちらを見つめてくるルイス様に、要らぬ心配をかけないようにと必死に笑顔を張りつける。

「……大丈夫ですわ、ここ数日無理を通しておりましたので少し目眩《めまい》がしただけです」

ルイス様は病人を労《いたわ》るように私の背中を摩るが、手首に籠《こも》る熱は一向に引いてくれない。

「今日は早く身体《からだ》を休めて。君は頑張りすぎるから、たまには休息も必要だよ」

「お心遣い痛み入ります。見送りもできず申し訳ありませんが、本日はこれで下がらせていただきます」

私の背中に触れていたルイス様の手をやんわりと押し返し、ゆっくりと立ち上がる。

ルイス様は気にしなくていいと扉へ向かい、一瞬だけ気遣わしげな視線をくれるとそのまま王城へと帰っていったようだった。

気がつけば手首の熱は、もうどこにも残っていなかった。


身を清めて自室に戻ると、ベッドに横になり暗闇の中で今日起こったことを思い返す。

私は一つの可能性を考えていた。

「ロワール様、もしかして聞こえていますか?」

ぽつりと漏らした独り言に、静まり返った室内からの返答はない。

以前公園で交わした見知らぬ男性との会話内容を彼が把握していたこともあり、もしかしたらと思ったがさすがに思い過ごしだったのだろう。

小さく溜《た》め息をつくと、ごろりと仰向《あおむ》けになる。

ロワール様を口説く日々が始まってから、毎日のように恋愛関係の書籍を遅くまで読んでいたせいで、今日は滅多に会わないルイス様にまで顔色が悪いと言われてしまった。

このまま調子を崩した状態で会ってしまえば、ロワール様にも心配をかけてしまうだろう。

今日は早く寝て睡眠時間を確保しようと瞼《まぶた》を落とす。

シンと静まり返った部屋の中で、コツリと足音が響いた。

物音がした方に視線をやると、暗闇の中にぼんやりと人影が浮かび上がる。

「ロワール様、ですか？」

「……悪かった」

半信半疑で声をかけた方向から返ってきたのは、昼間深い口付けを交わし合った相手からの謝罪だった。

被《かぶ》っていたであろうフードを外し、薄暗い室内と同化しているような暗色のローブを脱げば、そこに立っている彼の姿がはっきりと見えた。

ロワール様はベッドの横に座ると、私の手を取って手首の痕を確認する。

彼がつけた痕はうっすらと紅《あか》く発光していた。

「やはりこの痕、居場所がわかるだけではなく会話も聞こえるのですね」

「ずっとじゃない。俺が意識して聞こうとした場合、聞こえるようになってる」

「ロワール様が今ここに現れたのもこの痕と関係が？」

「いや、転移はアンタが声かけてきたからで痕は関係ない」

会話をしながらも、彼の視線は私の手首に注がれその痕をゆっくりと撫《な》でている。

「どうして黙っていたんですか？」

「……初めてアンタに会ったときは信じられなくて、わざと全部話さず痕をつけた。親しくなってからは、早く話すべきだと思っていたが、本当の機能を知ったら消せと言われるんじゃないかと思って言い出せなかった」

後ろめたくて、こちらを見られないのだろう。

俯《うつむ》いたままの彼は、ひたすらに私の手首を撫で続けている。

確かにプライベートが筒抜けなのはいただけないが、ロワール様に知られて困ることも恥じることも特にないので消してほしいとまでは思わなかった。

「ロワール様が消したくないのであれば、私は構いませんよ」

「本当か？　無理してるんじゃ」

「ロワール様に隠さねばならないこともありませんので特に困りません」

あからさまに安堵《あんど》した様子で顔を上げるロワール様は、何かを思い出したようにまた顔を俯けた。

「……でも痛かっただろ。悪かった」

「そういえば最近何度か熱くなったり痛みが走ったりしていたのですが、それも何か関係が？」

「感情のコントロールができなくて、つい魔力がこっちに流れていったんだと思う。俺のせいで痛い思いをさせて悪かった。消してやりたいが、アンタの周りにうろちょろする男が多すぎて」

私の周りにいる男性と言われても、正直心当たりがない。

わからないのでじっとロワール様を見つめていると、はぁと溜め息をついて私の腕を持ち上げ、その手首に唇を寄せた。

「アンタもアンタで他の男に触らせんなって言ったのに簡単に触らせるし、あんなに近づいて王太子が改めてアンタのこと惜しくなったらどうすんだよ。アイツはアンタのことなんとも思ってないんじゃなくて、アンタのことを自分のものだと思ってるからあんな態度なんだ」

苦しそうな表情で吐き捨てるように言い放つ。

「弟だってアンタのこと女として見てるかもしれないだろ。十六、七歳にもなる姉弟が仲良く手を繋《つな》ぐなんて、どこかに下心があるに決まってる」

早口で捲《まく》し立てすぎたせいか、言い終わると肩で息を整えている。

心の内を吐露しきって落ち着いたのか、彼はそっと手首から唇を離した。

「……不安なんだ。アンタが離れていかないか」

これがきっと彼の本心なのだろう。

私を唯一として求めてくれる発言に、じんわりと胸の奥が温かくなっていく。

「私はロワール様だけを想っております」

「そうやってアンタはいつも俺に期待させる。もう早くアンタを国に連れて帰りたい」

ロワール様は大袈裟《おおげさ》に溜め息をつくと、ぼすっと大きな音を立てて私の隣に寝そべった。

「アンタ、この国のこと好き？」

「そうですね。家族や経営している商会の従業員達もおりますから、愛着はありますよ」

「そっか。それでも、俺の国に来てくれる？」

「もちろんです。貴方《あなた》に望まれることが私の最大の喜びですから」

ぎしりとベッドが軋《きし》む音が響き、目の前にロワール様が現れる。

そのままゆっくりと近づいてくる気配を感じながら目を閉じると、少しカサついた唇が触れた。

先程までたくさん喋《しゃべ》っていたからだろうと、そっと舌で舐《な》めると驚いたようにびくりと震える。

目を開けてみると、夜目がきいてきた私の目の前には、切なそうに目を細めるロワール様がいた。

「……ドレス、アイツと同じ色にすんの？」

一瞬なんの話かと考えて、ルイス様と話した戦勝祝賀会用のドレスを仕立てる件だと思い当たる。

「義務的に青のレースは取り入れますが、他は自由です。ロワール様の髪と瞳の色を取り入れるのも良いですわね」

「じゃあ紺と金を身につけてほしい」

「金色ですか？」

今は暗くて見えにくいが、ロワール様の瞳の色は柔らかな茶色だったと記憶している。

「ああ、瞳の色だけは珍しくて目立つから普段は色を変えてるんだ。まだアンタにも見せてなかったか」

そう言ってロワール様が何度か瞬《まばた》きを繰り返すと、暗闇の中なのに不思議と瞳の色の変化がはっきりとわかった。

優しい茶色だった瞳は金色の中に緑の宝石を散りばめたような不思議な色味に変化して、こちらを見下ろしていた。

「珍しくて美しいお色ですね。ロワール様のことをまた一つ知れて嬉《うれ》しいです」

「そうやって俺を喜ばせて期待させて、責任取ってくれんのかよ」

「もちろんです。濃紺の差し色が入ったドレスとエメラルドを使った金細工のアクセサリーを身につければ、貴方のイメージに近い仕上がりになると思うのですがいかがですか？」

「……じゃあ俺は薄紫色と白銀色の物を身につけて行く」

「ふふっ私の髪と瞳の色ですね。ありがとうございます。当日がまた楽しみになりましたわ」

笑った拍子に口元に手を寄せると、その手を取られ枕元に縫いつけられた。

「なぁ、直接触れたい」

「それは第三段階のことですか？」

「……アンタさえ良ければ」

「まだ対外的には婚約破棄が成立していない身なので、できれば純潔は守っておきたいです。それ以外であれば全てどこを触っていただいても、貴方に触れていただけるのであれば嬉しいです」

私が言い終わる前に、ロワール様の唇が私の口を塞ぐ。

昼間に与えられた快感を覚えている身体は、唇を割って侵入してくる熱い舌を嬉々として迎え入れた。

勝手知ったる口内で、その舌を絡め上顎を擦《こす》り、じゅるじゅると啜《すす》るような音を立てて、まるで自分のものだと主張するかのように貪るような口付けを深めていく。

「ん、ふっ」

捕食されるような口付けに、必死に空気を求めて息継ぎをする。

口内を蹂躙《じゅうりん》する柔らかな感触が甘い刺激となって下腹に溜まり、上顎を擦り上げられるたびに切なさを増していく。

彼の手がワンピースタイプの夜着の裾を捲り上げると、ゆっくりと肌が外気に晒《さら》されていくのを感じる。ひんやりとした空気に触れた肌が、緊張で粟立《あわだ》った。

今まで服の上から弄られることはあっても、直接触れられたことはない。

服の上からでも痺《しび》れるように甘い刺激があったのに、直接触られるとどんな感覚なのだろうか。

着ていた夜着が取り払われると、彼の前で下着しか身につけていない状態になる。

ロワール様の指が私の唇に触れ、輪郭をなぞり、顎から首筋、胸元へと滑るようにして進んだ先で、ふに、と胸の膨らみに触れた。

骨ばった彼の指先を感じたと思えば、その指は私の肌の感触を確かめるように、やわやわと乳房を揉《も》み始める。

形を確認するかのように下から持ち上げるように掴まれれば、手のひらに収まりきらない質量が彼の指の間から溢《こぼ》れた。

「アンタ細いのに、ここだけ肉づきいいのかよ」

次第に彼の掌の中で、先端が主張し始めているのを感じる。

その先端が彼の掌に擦れるたびに、じんわりと溶け出すような甘い疼《うず》きを走らせていた。

ロワール様もその感触に気付いているはずなのに、気付かないふりをしているのか、その手は全体を包むばかりで決定的な刺激は与えてくれない。

腹の底が切なくて、何度も啄《ついば》まれる唇の端から思わず声を漏らした。

「はっん、ロワール様、もう、切なくて」

「ん、どこ触ってほしい？」

そう言いながら唇を離した彼は、あろうことか、そのまま私の胸の先端に吸いついた。

「ひっ⁉」

口に含んだまま熱い舌で転がされると、頭の芯がじんじんと痺れ何も考えられなくなっていく。

もう一つの先端は彼の指に弾《はじ》かれ擦られてぷっくりと腫れているのに、まだまだ触ってほしいと強請るように、私の身体の揺れに合わせて彼の指の動きを求めていた。

「ん、あ、気持ちい、です」

「こんだけ魔力流しても平気なのか」

彼の指が下着の上から割れ目をなぞり、確認するかのようにゆっくりと前後に動かされる。

それだけでもゾクゾクと背中が粟立つような感覚が走るのに、その指に与えられた刺激で、秘所から溢《あふ》れ出る蜜がじっとりと下着を濡《ぬ》らしてしまっていることが恥ずかしくて堪《たま》らない。

しかし、その羞恥心以上に、彼に触れてもらえている喜びと心地よさが押し寄せ、もっと欲しいと更なる快感を求めていた。

「もっと、触っ……んあっ！」

下着の中に侵入した彼の指が、前の突起を弾く。

下腹部に溜まっていた熱が、一気にそこの刺激に集中するのがわかった。

「声抑えて、一応ここアンタの部屋だから」

そう言いながらもロワール様は手を止めない。

突起を弾いた彼の指は、十分に潤った割れ目を滑るように進み、濡れそぼった蜜壺《みつつぼ》の入り口に触れるとクチクチと音を立てる。

その蜜を掬《すく》い取るようにして、前の突起に塗りつけてはカリカリと優しく引っ掻《か》かれれば、腰を引きたくなるほどの甘い刺激が走る。

もう片方の手は胸の先端を捏《こ》ねたり強く弾いたり、彼の舌は反対の胸の先端を舐め回したりじゅっと吸いついたりして絶え間ない快感を流し込み続けている。

あまりの刺激に身体がびくりびくりとしなる。

「んっ!?　あぅ、んんっ……！」

声を上げないように口を必死に閉ざしても、込み上げてくる衝動にあられもない声が口の端から漏れた。

「はは、初めてでここまで気持ちよくなれるなんてアンタ才能ありそう。一回イッとけば」

そう言うが早いか、ロワール様は蜜を塗りつけて引っ掻いていたところをぐりっと強く押した。

「んぁっ!?」

強すぎる刺激に背中をのけぞらせると、たわんだ乳房に彼の唇が吸いつき、反対の胸の先端を強く摘《つま》まれる。

「ふぁ、あ、はっんんっ!」

強い刺激が重なり、快楽の波に攫《さら》われるように全身が大きく揺れた。

途端に全身の力が抜け、どっと重力がかかってきたようにベッドに沈み込む。

ロワール様がこちらを覗き込んで、気分が悪くないかと聞いているようだが、ゆるゆると首を振って調子が悪くないことを伝えた。

ああ、私ばかり気持ちよくなってしまってロワール様に何もお返しできていない。

せめて書籍で読んだように手や口を使って彼を受け止められればいいのに、心ではそう思うものの、初めての強すぎる刺激にもう指一本動かせそうになかった。

心配そうにこちらを見つめる彼に精一杯微笑みを返して、泥濘《ぬかるみ》の中に溶けるように意識を飛ばした。

五　深まる関係

「まあまあ！　金ベースに細かなエメラルドを散らすと聞いておりましたがこんなに華やかになるのですね。ドレスが紺の差し色に青のレースと伺っていましたから、落ち着いた雰囲気になるかと思いましたら、これは気合いを入れてデザインをしなければなりませんわ」

我が邸《やしき》まで来てくれた王都指折りのデザイナーは、宝飾関係の商会で作った試作品を見せると、瞳を輝かせて拳を握りしめた。

やる気が増したなら上々である。

「マダムのセンスに全幅の信頼を寄せてお任せしますわ。お願いできるなら、レースは控えめに差し色はハッキリと目立つようにしていただけると嬉《うれ》しいです」

当日合わせるアクセサリーを確認したいと言われて、先日から急ぎで作らせていたロワール様の瞳モチーフの宝飾類が間に合って良かった。

これで戦勝祝賀会のドレスは問題ない。

あとは仕上がりを待つばかりだった。

あれから毎夜、ロワール様は皆が寝静まった頃に私の部屋に現れるようになった。

相変わらず昼も会いに行き彼の部屋で飽きることなく淫らな口付けを交わす時間を過ごしているが、

夜に訪れる彼は来るたびに私の身体《からだ》に触れ、敏感な部分をその舌や指先でひたすらに攻めてあっという間に私を高みへ追い上げるようになっていた。

自国で女性から嫌厭《けんえん》されていたと言っていたが、こうも短時間に私の身体を掌握されてしまうと、実は女性経験豊富だったのではないかと疑念さえ湧いてくる。

しかし快楽の波に攫《さら》われたあとは碌《ろく》な会話もできないまま意識を手放してしまい、毎回気がついたら朝になってしまっていた。

そのおかげか今までのように深夜まで読書に励むことがなくなり、ここ最近の寝不足からは解放されたようだった。

「お嬢様、最近以前に増して肌艶が良くなりましたね」

「ありがとう、きっと深夜の読書を控えるようになったからだわ」

身支度を整えてくれる侍女がここ数日やたらと肌や顔色を褒めてくれる。

きっと少し前の私は寝不足で酷《ひど》い顔色をしていたのだろう。

邸の皆や家族に心配をかける可能性が一つ減ったと安堵《あんど》する。

「ふふ、王太子殿下が先日ご訪問されましたものね」

「それと何か関係が？」

「またまた、女性は恋をすると美しくなるといいますもの。トキメキは一番の美容液ですわ」

『恋』という単語に、顔が熱くなっていくのがわかる。

私の様子を見て、あらあらと嬉しそうに声を上げた侍女は花瓶の水を替えに部屋を出た。

――私、ロワール様に恋をしているのかしら。

心の中で言葉にしてみるだけで、ぽっと心の奥に温かなものが灯《とも》る。

手首の痕がほんのり熱を帯びているのは、きっと王太子殿下という単語が聞こえたからだろう。

「私が恋慕っているのは貴方《あなた》のみですわ」

小さく呟《つぶや》いてみると、手首の熱は波打つように揺れたあと、穏やかに引いていった。

彼はこの痕を私が嫌がると思っていたようだが、これがあるからこそロワール様の喜ぶことも嫌がることもわかりやすく伝わってくる。

できれば今後も消さずに残しておいてほしいと思うほどだった。


枕元の明かりを落とした頃、いつものようにロワール様が部屋の暗がりから姿を現した。

ベッドの横に腰をかける気配があるが、暗闇に目が慣れるまで少し時間がかかる。

「今夜も来てくださったのですね」

「……嫌か？」

「いいえ、好きな方に会いに来ていただけて幸せです」

私の返答に満足したのか、彼はその手で私の髪を梳《す》き、額に口付けを落とす。

「体調は？」

「すこぶる良好です。今日は侍女に肌艶が良いと褒められましたし、ロワール様にも聞こえていたでしょう？」

朝聞いたやりとりを思い出して恥ずかしくなったのか、言葉を遮るように私の唇を塞いだ。

そのまま唇をやんわりと啄《ついば》みながら、その手を夜着の中へ忍ばせていく。

このままだと昨日までと同じになってしまうと思い、不埒に蠢《うごめ》く指を掴《つか》んだ。

「……なんで抵抗するんだ。俺に触れられるのが嫌になった？」

変に誤解されたくなくて首を左右に振り、少し離れていたロワール様の唇へ自らの唇を寄せる。

「いつも私ばかり気持ちよくなってしまうのが心苦しくて、今日はロワール様も気持ちよくなっていただきたいのです」

「は？　でもアンタ処女は守りたいんだろ」

「本で読みましたの。その、女性の手や口を使って男性を気持ちよくする方法が、あるのですよね？」

思い当たることがあるのか、ロワール様はガバッと上半身を起こし、声にならない叫びを上げているようだった。

暗がりでハッキリとは見えないが、恐らく顔を真っ赤に染めている。

「……そりゃ、やってもらえるなら嬉しいが。精液なんて魔力の濃縮液みたいなもんだし、まだ俺の魔力に慣らしてからの方が」

「こんなに毎日身体中愛されて平気なんですもの。きっと問題ありませんわ」

私の言葉に、うっと呻《うめ》き声を上げ眉根を寄せて顔を顰《しか》める。

以前読んだ本では、手淫や口淫は男性の喜ぶ行為のように書かれていたが間違った知識だったろうか。

「……じゃあ、手で触ってほしい。少しでも違和感あったり気分が優れなくなったらすぐ教えて」

「はい！　お任せください」

「なんでそんな嬉しそうなんだ？」

「おかしいでしょうか？　本には男性が喜ぶ行為と記されていたので、ロワール様が私の手で気持ちよくなって喜んでくださるなら私は嬉しいです」

ロワール様は、もうやめてくれと言いながら両手で顔を覆ってしまった。

どうやら照れている様子に見えるし、嫌がられてはいないはずだ。

「それでは、僭越《せんえつ》ながら」

私が彼の足のつけ根に手を伸ばすと、その感触に驚いたのかびくりと跳ねて腰を引いた。

「いい、自分で寛《くつろ》げるからアンタは自分の服脱いで。アンタの身体触りながら、触ってもらいたい」

「わかりました」

身を起こして着ていた夜着を脱ぐと、ひんやりとした空気に肌が触れた。

向かい合って座る相手の、前を寛げている先を見つめる。

書籍で知り得た限りでは、赤黒くぬらぬらとしたグロテスクなものだと記憶しているが、一体どんなものが出てくるのか。

「……見すぎじゃね」

「す、すみません。なにぶん初めてなもので」

「初めてじゃなかったら相手を殺してる」

物騒な言葉が飛び出すが、拗《す》ねたように唇を尖《とが》らせるその仕草は可愛《かわい》らしい。

私は少し身を乗り出して、その唇に自らのものを重ねた。

「私の『初めて』は全てロワール様に捧《ささ》げます」

「……アンタ、俺を狂わせたいの？」

トンと肩を押され、そのままベッドへ身を沈めると覆い被《かぶ》さるように再び口付けられる。

重なった唇の間から割り入ってきた熱い舌は、私の舌に絡みつきぴちゃぴちゃとわざと水音を立てるようにして舐《な》め上げてくる。

引き摺《ず》り出された舌を優しく甘噛《あまが》みされると、痺《しび》れるような快感が走り下腹部へ熱が溜《た》まっていく。

甘い口付けに思考を溶かされそうになっていると、彼の手が私の手をゆっくりと足の間へ誘導していくのがわかった。

それに触れた瞬間、熱を感じる。

彼の手に包まれながら、その熱棒を上下にゆっくりと擦《こす》ると、ぬちりと湿った感触があり、私に興奮してくださっているのだと喜びを覚えた。

視線を落として手元を確認しようとすると、急に顎を持ち上げられ一層口付けを深められた。

「は、んっ」

上顎を擦りちゅうちゅうと舌を吸われれば、混ざり合った二人の唾液が溢《あふ》れ、私の口端からこぼれ落ちる。

「見なくていい。アンタに触ってもらえるだけで気持ち良いから。それよりアンタの感じてる声、聞かせて」

それでは昨日までと同じになってしまうと反論しようとしたが、すぐに深く口を塞がれてしまい声にならない。

ロワール様は口端から溢れた唾液を追って首筋へ、胸元から胸の頂へと舌を這《は》わせていく。

しかし肝心の先端には触れてくれず、その周辺をゆっくりと舐め回されて欲しい刺激を目の前に、焼き切れそうな焦燥を感じた。

「ロワール様、んっお願い、です」

「何？」

悪戯《いたずら》っぽく見上げられて、催促の言葉を求められているのがわかった。

私が彼に求められたいように、彼もまた私に求められることを望んでいる。

「舐め、て。胸の先、いつもみたいに。貴方の指と舌で気持ちよくして」

私の言葉が終わる前に、彼は乳房を下から持ち上げその先端に強く吸いついた。

反対側も指の腹でぐりぐりと摘《つま》まれ、連日慣らされた身体はその刺激を余すことなく拾っていく。

「んっあ、んんっ」

「手、もっと強くしていい」

私の掌《てのひら》の中で熱棒が激しく上下する。

指の間から溢れんばかりの液体でぬるぬるとしたそれが逃げてしまわないよう、指を絡めて先端を捕まえた。

ぐちゅぐちゅと卑猥《ひわい》な水音が耳から入ってくる。

彼は息を詰めるように呻きながらも、私への愛撫《あいぶ》の手を止めない。

舌で胸の先端を弾《はじ》きながら、股の間に侵入した手は私の蜜壺《みつつぼ》の入り口からくぷりと指先だけ侵入すると、中の蜜を掻《か》き出し前の突起に塗りつけていく。

そこを擦られると、果てはもう目の前だった。

「はっん、私、もうっ……んぅっ！」

与えられる快感とぐちゅりぐちゅりと響く水音が私を追い詰め、逃しきれない熱が弾けて身体が大きくしなる。

快感の波の余韻に漂っていると、掌の中で激しく動いていた熱棒がビクビクと震え、私の胸元からお腹《なか》にかけて熱いものが広がった。

普段果ててしまうと直《す》ぐに気を失ってしまっていた私も、腹部に与えられた新しい刺激に意識が引っ張られた。

弛緩《しかん》した私の身体の上で、激しく動いていたせいかロワール様は肩で息をしている。

「はっあ……悪い。アンタを汚すつもりじゃ」

「この熱いものが、ロワール様の精液ですの？」

腹部にぼんやりと手を伸ばすと、彼の手に止められ触るなと注意される。

「痛みや違和感は？　問題ないか？」

今まで魔力を流されていると聞いてもピンとこなかったが、これはなんとなくわかる気がした。

熱い中にも、なんだかじんわりと肌を刺激されている気がする。

石鹸《せっけん》の泡を掌に置いたときの、じわじわと弾けるような感覚があった。

「なんだか石鹸の泡を肌に乗せている感じです。これが魔力ですか？」

「は？　まぁ感じ方は人それぞれだからわからないが……問題なさそうだな。これなら蜜月も大丈夫だろ」

知らない単語に私は首を傾《かし》げる。

「蜜月とはなんですか？」

「この国にはないのか？　結婚後、夫婦二人が邸に籠《こも》ってひと月二人だけの時間を過ごせる制度だ」

「制度としてはないですね」

自主的に休暇を取って二人の時間を作る仲の良い夫婦はいるだろうが、そんな制度が整っているとは彼の国は余程夫婦の営みを大切にしているらしい。

「結婚手続きなんて適当に済ませておくから、早くアンタを国に連れ帰って四六時中触ってたい」

「ふふ、今でも昼も夜も一緒ではありませんか」

「全然足りない。誰の目にも触れないように寝室に閉じ込めて、服も着せずにずっと鑑賞しながらアンタの感じるところ全部触って溢れるまで俺の子種を注いで、ひたすらイかせて俺がいないと生きていけない身体にしたい」

そう呟く彼は、今まで誰とも触れ合ってこられなかった渇きの中で喘《あえ》いでいるようで、堪《たま》らずに手を伸ばしそっと頬に触れた。

「私はもうロワール様がいなければ満足できない身体になっていますわ」

「ぐっ！　そうやって煽《あお》るからっ」

恨めしそうにこちらを見下ろす彼は、頬に触れていた私の手を取るとその掌に唇を寄せる。

「……俺を受け入れられる相手がいるなんて、今まで考えてもなかった」

まるで壊れ物を扱うかのように、私の手を優しく撫《な》でてくださる。

初めて宿泊先を訪問した日から、お互いの距離感も扱い方も少しずつ変化していったように思う。

今まで知らなかった感情や感覚に戸惑うこともあったが、こうしてお互いに触れ合う中でロワール様との心の距離が縮まってきたことを実感していた。

「それではどうか、私を貴方の唯一としてくださいませ。私の唯一は、もうロワール様以外考えられませんから」

「はは、気がついたらアンタに口説き落とされてるな」

「ロワール様を籠絡するため、それはもう努力いたしましたから」

穏やかな会話に幸せを噛み締めて、微笑《ほほえ》みがこぼれる。

戦勝祝賀会で褒賞として望まれた私は、ロワール様の花嫁として好きな方に愛される人生を送ることができるのだ。

「ああ、悪い。アンタの身体汚したままだった」

ロワール様の言葉が終わらないうちに、瞬時に周りの景色が変化する。

見回してみると、いつも昼に伺う彼の宿泊先だった。

私は生まれたままの姿で、ロワール様のベッドの上に転移させられていたようだ。

「俺の家に飛んだらアンタを誘拐したことになりかねないから、こっちで悪い」

一瞬ピンとこなかったが、『俺の家』というのは多分彼の国の住まいのことなのだろう。

「ロワール様の国がどの辺りか存じ上げませんが、長距離を移動することも可能なのですね」

「ああ、よく規格外とは言われる。でも行ったことある所かアンタにつけた痕みたいな目印がないと跳べないからそこまで便利じゃないよ。実際この国までは船旅だったし」

やはり海の向こうの大陸出身なのだと一人納得していると、ふわりと身体が浮いた。

一拍して彼の腕が背中と膝裏に回されていることに気付いて、慌ててロワール様の首に腕を回す。

「あ、あの私、歩けますから」

「じっとしてて。それ、床にこぼさずに浴室に連れて行きたいから」

そう言われて私の腹部に彼の残滓《ざんし》が垂れていることを思い出し、なるべく体重をかけないようにと身を縮こまらせるしかなかった。

浴室で腹部にかかったものを湯で流されたあとは、脚の間や胸の先端を丹念に洗われる。

先程達したばかりだというのに再び熱を持った身体は、彼によってまた高められあっさりと果ててしまった。

次に目が覚めたときには既に朝になっていて、自室のベッドにしっかりと夜着を着込んだ状態で横になっていたのだった。

六　戦勝祝賀会

晴れ渡った空の下、たくさんの馬車が列をなし、王城への道は混雑していた。

戦勝祝賀会には日頃呼ばれないような末端の貴族にも声がかかり、近年稀《まれ》に見る盛大な祝勝会となるようだ。

我がベレッタ侯爵家も例外ではなく、渋滞する馬車の中でぼんやりと窓の外を眺めながら、今日の戦勝祝賀会でロワール様はどんな衣装で登場されるのか、どのような言葉で褒賞として望んでくださるのかそればかりを考えていた。

「姉上、私の我儘《わがまま》を叶《かな》えてくださりありがとうございます」

「こちらこそ、アレクの心遣いに感謝いたします」

先に馬車を降りて差し出された弟アレクの手に、自分の手を重ねる。

隣に並び立って背の高い弟の顔を見上げると、眉尻を下げて今にも泣きそうな笑顔でこちらを見つめるアレクがいた。

恐らくルイス様がリリア様をエスコートすることを事前に知ってしまったのだろう。

アレクがこれほどまでに心痛を感じていたと気付いていなかった私は、誰にも何も相談せずに自分の計画を進めてしまったことを今更ながら後悔した。

こんな優しい弟に心配ばかりかけてしまうことが申し訳なくて、せめて侯爵家のために自分の持つ幾つかの商会は弟名義に変えておこうと心に決める。

「そんな顔をしないで。せっかくの男前が台無しよ」

「姉上、無理はなさらないでください。私では頼りないかもしれませんが、姉上が家のためにお辛《つら》い立場に耐えていらっしゃる姿を見ているだけなのは苦しいです」

「ありがとうアレク、貴方《あなた》の優しさにどれだけ救われてきたかわからないわ」

手首の痕がほんのりと熱を持つ。

弟の気持ちに邪《よこしま》なものはないのにと思いながらも、小さな嫉妬に自然と笑みがこぼれた。

「家族に恵まれて私は幸せ者ね。王太子妃教育に追われてそんなことにも気付いていなかったなんて恥ずかしいわ」

「姉上は今まで立派に殿下の婚約者として務めてこられました」

「ふふ、アレクもいつのまにか立派な紳士になっていたのね。これからもお父様とお母様をお願いね」

私の言葉をどう捉えたのかはわからないが、それきりアレクは口を閉ざしてしまった。

しばらくは家族とも会えなくなるかもしれない。

でも海を渡った国へ嫁ぐだけで今生の別れではないのだから、しんみりとするのはやめて明るく努めようと心に決めた。

会場はまさに豪華絢爛《けんらん》で、祝賀ムード一色だった。

父母と合流し一家で入場した後、国王陛下夫妻へ挨拶に伺った。

ルイス様とリリア様は一足先に入場されていたようで、国王陛下夫妻はじめ一部の貴族からは気遣わしげな視線を送られたものの、気付かないふりをすることにした。

二人の衣装はデザインに違いはあるものの同じ生地であることは窺《うかが》えたし、リリア様がルイス様と同じ意匠の髪飾りを身につけていることも把握できたが、それについては以前自分が提案したことでもあり、特に言及する必要性も感じなかった。

彼等に関わっても燃え上がる恋のスパイスにされるだけだ。

さりげなく視線を彷徨《さまよ》わせてロワール様を探してみても、まだ会場には来ていないようだった。

今回の勝利の立役者なのだから国賓扱いなのだろう。

会場には王太子妃教育で講師としてお世話になった夫人達も多く招待されており、しばらく歓談しているとファンファーレが鳴り、国王陛下のお言葉が始まるようだった。

「皆よく集まってくれた。先の隣国との小競り合い、劣勢となった我が軍に助力してくださった方を紹介しよう」

陛下の声を受けて、その側から姿を現したのは昨夜も共に過ごした彼だ。

白銀色のローブに紫水晶のブローチをつけているのがわかり、約束を守ってくださったのだと胸の奥がじわりと温まる。

「魔術師ロワール殿だ」

魔術師という聞き慣れない言葉に会場は騒《ざわ》つくが、年頃の御令嬢を中心にうっとりと溜《た》め息をついている者も多い。

着飾ったロワール様は、さながら貴公子のような出立《いでた》ちだった。

「彼は敵軍によって分断された我が軍の伝達を助け、傷ついた兵士達の命を救い、今回の勝利に大きく貢献してくれた。よってここに褒賞を授けたいと思う。ロワール殿、前回は断られてしまったが我らはぜひ貴殿の功績を讃《たた》えたい。貴殿の望みは私の望みとして必ず叶えると約束しよう。褒賞として何か望むものはないだろうか」

「それでは、ある女性を私の花嫁として迎えることをお認めいただきたい」

ロワール様の言葉に会場が色めき立つ。

英雄が唯一人の女性を求めるだなんて、まるで夫人方が好む『騎士の純愛』にもあった恋愛小説お決まりの展開だ。

「私はこの国に訪れてしばらく城下で過ごさせていただきましたが、そこである女性と出逢《であ》いました。私はすぐに彼女に心惹《ひ》かれましたが、彼女には婚約者がおり私の気持ちは嬉《うれ》しいが応えることはできないと断られていたのです」

「なんと、貴殿にそんな出会いが」

「一度は断られたものの、未《いま》だに彼女を諦めることができませんでした。彼女を不幸にはしたくないので、もし彼女が婚約者と愛し合っているとわかったのならば私は潔く身を引きましょう。しかし、そうでないならば、どうか褒賞として私に彼女を頂けませんでしょうか」

「ロワール殿に求められれば心揺れる御令嬢も少なくないだろうに、相手が婚約者と想《おも》い合っていれば身を引くとはなんと謙虚な。ロワール殿が我が国の者と血縁となることも誠に喜ばしい。お相手には是非とも了承してほしいものだが、して相手はどこの家の娘か」

「彼女はこの会場におります。私も知りませんでしたが、貴族の御令嬢だったようです」

再び会場がどよめいた。

「なんと我が国の貴族令嬢であったか！　英雄に望まれるとはなんと栄誉な。この晴れやかな場で貴殿に望まれる果報者を、こちらへ連れてくると良い」

「それでは御前を失礼して」

壇上の陛下の側から降りてくるロワール様は、迷いなくこちらへ向かってきている。

静まり返った会場に、カツンカツンと鳴る彼の足音はやけに大きく響いた。

早鐘のように鳴る鼓動を抑えつけて、自分を落ち着けるように小さく呼吸を繰り返す。

やがて私の目の前で彼は足を止めた。

視線を上げるとその優しい茶色の瞳と目が合う。

彼は膝を折り、まるで騎士の叙勲式のように恭しく手を差し伸べた。

「改めて、お名前をお伺いしても？」

「……アメリア・ベレッタと申します」

「アメリア、私の気持ちは先程の通りだ。どうか私の花嫁として我が国へ来てほしい」

斜め後ろでアレクが小さく私を呼ぶのがわかる。

私が意にそぐわない求婚をされているのではと気遣ってくれているのだろう。

近くにいた両親はあまりの驚きに呆然《ぼうぜん》としているようだった。

愛《いと》しい家族に心配をかけないよう、笑顔でその手を取った。

「我が国を救ってくださった英雄に望まれるなど、身に余る光栄でございます。どうぞ末永くよろしくお願いいたします」

ざわりと会場は喧騒《けんそう》に包まれる。

リリア様のことは周知の事実としてあれど、現王太子殿下の婚約者である私が魔術師の求婚を受け入れたのだ。

王太子妃候補はどうなる、リリア嬢は王太子妃教育を受けていないのか、別で側妃を娶《めと》るのではと、騒つく中でも勝手に飛び交う憶測を耳に入れないようにして、ロワール様に導かれ国王陛下の御前に出た。

淑女の礼をとり、向かい合った国王陛下は真っ青な顔色をしていた。

この感じではルイス様の提案されていた側妃の件は、国王陛下もご存じの上で成立させる心積もりだったのだろう。

「ロ、ロワール殿、アメリア嬢は我が息子ルイスの婚約者であり王太子妃となる女性で」

「おや、そうなのですか？　それはおかしいですね。私はひと月近く城下で過ごさせていただきましたが、王太子殿下のお相手として耳にしたお名前は確か『リリア』という名前だったと記憶しております」

会場の視線が、ルイス様とリリア様の元へと注がれる。

貴族達の中で二人の関係は公然の秘密となっていた。

下町にまでその名が広がっているのは、ルイス様が慰問や城下視察に度々彼女を連れ歩いていたからだということも、社交に明るい者なら大体が知っている。

「私は彼女が婚約者と愛し合っているのであれば身を引くと言いましたが、王太子殿下が愛されているのは別の女性のようです。現に彼女はたった今私の求婚を受けてくれました。それでも、国王陛下は息子可愛さに先程の約束を反故《ほご》にされるとおっしゃるのですか？」

「そのようなことは」

「それでは我らの婚姻を認めてくださる、ということでよろしいですね」

言葉を詰まらせた陛下にロワール様はニッコリと微笑《ほほえ》む。

隣に立つ私の手を取りそっと口付けを落とすと、その優しい茶色の瞳がこちらをじっと見つめた。

「改めて貴女《あなた》に嘘《うそ》偽りない愛を、生涯をかけて貴女を慈しみ大切にすると約束します」

芝居がかった台詞《せりふ》に思わず笑みがこぼれるが、これも以前一緒に観《み》た演劇のワンシーンのようなものだと思えば悪くない。

「ありがとうございます。私も誠心誠意ロワール様にお仕えし、貴方のことを支えると誓います」

「国王陛下の許諾を得ましたし、貴女を『妻』と呼んでも？」

「我が国の英雄の『妻』としていただけることを誇らしく思います」

私達の誓いの言葉に、わっと歓声が上がる。

国を救った英雄とその英雄に求められた令嬢というロマンス小説のような筋書きに、会場の特に女性陣は熱に浮かされたように頬を染めて祝福してくれていた。

これで私達は正式に愛し合う二人としての第一歩を踏み出すことができる――と思ったそのとき、

「待ってくださいっ！」

突然の大声に、会場中の視線がそちらに向かう。

視線の先を辿《たど》ると、線の細い御令嬢がその大きな瞳に涙を溜めていた。

隣に立つルイス様と揃いのアクセサリーを身につけていることから、彼女がリリア様なのだろう。

遠目で二人の姿は確認していたものの、面と向かってお会いするのは初めてだった。

「アメリア様が褒賞として身を捧《ささ》げるなんてあんまりです。私が、私がルイス様と親しくなってしまったから……私のせいで」

「リリア、君が自分を責めることはない」

彼女はどうやっても自分を悲劇のヒロインにしたいらしい。

心の中で思い込んでもらうには一向に構わないが、大勢の前で発言をされると無視をするわけにもいかない。

ルイス様が慰めるように彼女の背中を支えるが、彼女は顔を伏せたまま嫌々と駄々をこねるように首を振っている。

愛する女性の機嫌くらいとってくれと思いながら、相手に聞こえないよう小さく嘆息して二人の方へ歩み寄る。

近くに立ってみると、幼く見えたリリア様は私とほぼ変わらないくらいの背丈だった。

「ガラーナ子爵家のリリア様ですよね？　どうぞ、お顔を上げてください」

正直ほぼ初対面であるから、相手が本人かどうか自信がない。

しかし彼女は私に名を呼ばれると弾《はじ》かれたように顔を上げ、瞳に溜まった涙をボロボロとこぼし始めた。

「アメリア様、私ずっと貴女に憧れていたのです。なのに私ルイス様のことを好きになってしまって、本当にごめんなさい。貴女の幸せを奪ってしまって私、ううっ」

泣くか喋《しゃべ》るかどっちかにしてもらえないだろうか。

子供のように泣きじゃくるリリア様を、どうにか表面だけでも気遣うようにしなければと近づこうとするが、前に進もうとした私を引き留める腕があった。

「アメリアは私が責任を持って幸せにします。貴女がご自身を責める必要はありません」

私の代わりにリリア様に声をかけてくれたロワール様は、その腕で私の腰を引き寄せ抱きしめてくれる。

途端に周りからは黄色い歓声が上がった。

ああ、こんなに冷静に物事を考えられるのも、私の幸せが誰にも奪われていないからだ。

「リリア様、ロワール様のおっしゃる通りです。私は褒賞として求められ、それに応えられることを誇りに思っております」

「……それはアメリア様の本当のお気持ちでしょうか」

リリア様はぐすっと鼻を啜《すす》り、ルイス様の腕に支えられながらこちらを見上げる。

「ええもちろんです。我が国の英雄に嫁げるなど身に余る栄誉ですし、それに……」

私は声を落とし、笑みを深めた。

「側妃として利用されるくらいなら、偉大な魔術師様の褒賞となりますわ」

その言葉にシンと周りが静まり返る。

思わず心の内の声が出てしまったが、もうこの二人とも関わることはないだろう。

「どうかお二人ともお互いを愛《いつく》しみ合い、末永く幸福にお過ごしくださいませ」

一礼すると、ロワール様のエスコートで国王陛下の元へと戻った。

陛下も一連の流れを見ていたからだろう、もう私達の婚姻に異を唱えるつもりはないようだった。

「してロワール殿、結婚後はどちらに住まわれる御予定か」

「一旦は我が国レントワールに妻を連れて帰ろうと思っております。この国に訪れた目的も果たさねばなりませんし」

「なんと！　レントワールとは、ロワール殿はあの大陸の魔術大国レントワールからお越しになったのか」

声を上げた陛下は、驚愕《きょうがく》の表情を浮かべる。

魔術大国レントワールは、海の向こうの大陸の中で一番大きな国であり、我が国の貴族であれば地理を把握する上で必ず覚える国である。

しかし数百年の間、鎖国状態にあったはずだった。

「我が国は特に不自由もなかったため長い間鎖国状態にありましたが、最近国を開くこととなりまして、状況把握を兼ねて各々近隣の国を訪れていたのです」

ロワール様の発言に会場が騒めく。

魔術大国レントワールが国交を開いたという情報も驚きであるが、魔術師達が各国を訪れたという情報に不穏な空気を感じる。

「上司には、交流するに値せず魔術に対する抵抗防備や対抗軍事力がない場合は侵略、交流する価値があると判断した場合は友好関係を選択し報告するよう仰せつかってこの国に参りました」

「して、その結果はいかがであったか」

「皆様のご想像の通りかと思います。海を越えたこちら側には、全くと言って良いほど魔術に対する知識も抵抗防備もない。こちらの王都なら私一人で数時間あれば焼け野原としてしまえるでしょう」

この場の誰もが、まるで息をするのを忘れたかのように凍りついた。

「しかし、私はこの国で愛する女性を見つけてしまいました」

ロワール様は繋《つな》いでいた私の手を掬《すく》い上げ、わざとらしく手の甲に唇を寄せる。

「彼女は大変な愛国者でして、この国や家族、そして自分の商会の従業員までをも大切に思っているのです。私も愛する妻の大切にしているものを焼き払って彼女に嫌われたくはありません。ですので、今後我がレントワール国とは、友好国としてお付き合い願いたいのですがいかがでしょう」

「それは願ってもない」

「では、こちらに」

ロワール様の言葉と共に、この場に一人の男性が現れる。

静まり返っていた会場に、転移の魔術を初めて見た人々の驚きの声が上がった。

きっちりと分け目で整えられた黒髪に、詰襟の衣服を乱れなく着込んでいる男性は、一目で相応の地位を持つ人物であることがわかる。

「我が国の宰相ラングスです。難しい話はこちらの宰相と進めてください」

ラングスと呼ばれた男性は、漆黒の髪を指で撫《な》で付け国王陛下に向かって優雅に一礼する。

「ご紹介に与《あずか》りましたレントワール国宰相ラングス・エンドラでございます。親書と条約締結書をお持ちいたしましたのでご確認ください」

「う、うむ」

「我が国の友好国となられるからには、我が国の優秀な魔術師を数人常駐させましょう。こちらの大陸であれば、十分な予備戦力になるかと」

ロワール様を我が国に留めたい理由の一つだった国防問題を解決してくれる提案に、幾分か国王陛下の顔色も明るくなる。

我が国の宰相も出てきて、レントワール国からの親書を確認していた。

「ああ、そこに記載があります通り一つ条件が。我が国は厳密な一夫一妻制です。友好国にも同様の制度を求めますが、こちらの国も一夫一妻制と伺っておりますので問題はございませんよね？」

「それはもちろん問題ない」

「それではゆめゆめ例外や特例を作りませんようお願いいたします。なにぶん魔術師達は約束の反故を嫌がります故、守れなかった場合それ相応の報復があるとご承知おきください」

『例外や特例』の辺りで、会場の視線がルイス様に集まったのは私の気のせいではないはずだ。

レントワール国の宰相は返事は後日で構わないと挨拶を済ませ、早々にロワール様に転移を促す。

「ご指示の通りに動きましたので、尻拭いはご自身でなさってくださいね」

「ラングス宰相悪かった。お小言は帰ってまた聞く」

「全く殿下は人使いが荒い。帰りも頼みますよ」

ラングス宰相の言葉が終わる前に、その姿は消えていた。

また人が消えたとどよめく会場の中で、それよりも私は今驚くべき事実を知ってしまった気がする。

「あの、ロワール様、今『殿下』と呼ばれていらっしゃいませんでしたか？」

戸惑う私の声は、広い会場に不思議と響く。

私の声にキョトンとした彼は、合点がいったようにああと呟《つぶや》くと何度か瞳を瞬《しばたた》いた。

私の声を聞いた国王陛下も、再び表情を硬くした。

「ロワール殿、貴殿もしや」

「ああ、申し遅れました。私は通称をロワールと申しますが、正式な名はロイド・レントワール。レントワール王家の六男で、宮廷魔術師団の副師団長を務めております」

瞬《まばた》きを繰り返したその瞳は、あの夜に見た金色に緑を散りばめたそれだった。

「金緑の瞳はレントワール王家の色ですので、お疑いならどうぞ我が国に直接お問い合わせください」

できるものなら、ですがねと続けたその声は、きっと私の耳にしか届いていなかった。

「どうして王族であることを黙っていたのですか」

白銀のローブを掴《つか》んで恨めしそうに見上げると、人前でなくなり気を張る必要もなくなったロワール様は、いつものようにガシガシと濃紺の髪を掻《か》いた。

「だから親の職業が国王だっただけで、俺はしがない魔術師だって言ってるだろ。親達が仲良すぎるせいで優秀な兄貴姉貴がゴロゴロいる中での六男坊だぞ。どこぞの王太子みたいに美人の婚約者を用意してもらってふらふら浮気する余裕もなければ、毎日毎日上司にこき使われて自分が働いた金で生活してるっつの」

あれから国王陛下と家族に挨拶をして会場を辞した私達は、転移魔術でレントワール国内にあるロワール様の自邸の一室にいた。

入国手続きも婚姻手続きも事前に準備が終わっているから、今回からは国を越えて転移しても誘拐にはならないらしい。

「それでも教えてほしかったですわ。私、ロワール様の本当のお名前も知らなくて」

「いや、魔術師が真名を使う機会はほとんどないから、周りもそう呼ぶし、今まで通りロワールでいい」

「そんなものですの？」

「真名で呼ばれるなんて、公の式典くらいだ」

ロワール様は私の手を引いてベッドサイドへ案内する。

この部屋は壁紙やカーテンの配色、家具の配置も私の部屋によく似ていた。

「大体あれはラングス宰相の嫌味だって」

「何か嫌味を言われるようなことを？」

「あー多分、好きな女の出身国だから侵略できるけど友好国にしたいっつったから」

「まあ、ではロワール様は私のために我が国を救ってくださったのですか」

「……アンタが喜ぶと思って」

ロワール様は拗《す》ねたように唇を尖《とが》らせる。

打ち解けてきてから、彼は時々子供っぽい仕草を見せてくれるようになった。

それが私に心を開いてくれているようで、ついつい笑みがこぼれる。

「ありがとうございます。祖国には家族や商会の皆がおりますもの。なんとお礼を言ったらいいか」

「別に、俺がしたくてやったことだから。早くアンタと結婚したかったし」

恐らく友好国とはいっても国力が違いすぎて、遠くない未来に属国扱いとなるかもしれない。

しかし今はロワール様の気遣いが嬉《うれ》しかった。

「つーかあの女はなんなんだよ」

「あの女とは？」

「私私ってびーびー泣いてた自己主張の激しい女。ぱっと見アンタそっくりじゃねーか」

彼の言葉を聞いてリリア様のことを指しているのだとわかるが、彼女が私に似ているというのは初耳だし考えたこともなかった。

「そうですか？　正直、直接お話ししたのも今日が初めてなのでなんとも」

「雰囲気っつーか髪型やら背丈やら細いわりに胸がでかいのも似通ってて、王太子もアンタをあの女に重ねて好き好き言われて浮かれてたんだろ。気持ち悪《わ》りぃ」

「あり得ないと思いますが。たとえそうだったとしても、もう終わった話ですわ」

今後彼等に関わることもないだろう。

彼等、特にリリア様は今から王太子妃教育を受けねばならず時間の猶予はない。

「私はロワール様の褒賞としてここにおりますもの。貴方《あなた》以外に愛を囁《ささや》くことはありません」

「……その言葉、絶対忘れるなよ」

「もちろんです。今ここに私がいられるのも、頑張ってロワール様を口説き落として得た結果ですわ」

くすくす笑うと、いつのまにか背中に回された彼の腕に力が込められる。

ロワール様の胸元に顔を埋めると、じんわりと感じるその体温に心が解けていくのを感じた。

「もう、処女守らないといけない理由はなくなったよな」

「……はい」

肯定の言葉と一緒に、そっと彼の背中に腕を回す。

「アンタを抱きたい」

散々身体《からだ》中を愛されて蕩《とろ》けさせられても、最後まで私のお願いを守ってくださった彼を、これ以上待たせるつもりはなかった。

「私も、貴方に抱かれたいです」

どちらからともなく唇を重ねる。

深い口付けに押されるようにして真新しいベッドに座らされ、その拍子に清潔なリネンの香りがふわりと漂う。

口内を刺激される感覚に夢中になっていると、背中を支えていた彼の手によって私の身体は横たえられていく。

「ん、ロワール様、一つお願いが」

「何？　今更先延ばしとか無理だから」

着ていたローブを脱ぎ捨て正装の首元を寛《くつろ》げたロワール様は、唇を離した際に私の口端に伝ったものを舐《な》め上げながら、こちらを見上げる。

「いえ、あのこれからは名前を呼んでいただきたくて。会場では、呼んでくださったでしょう？」

「ああ、悪い。癖でつい」

私の耳に揺れていた金緑の飾りを外しながら、耳の窪《くぼ》みをなぞるように指を這《は》わせる。

「魔術師が真名を呼ぶと、相性によっては精神干渉する場合があるから気をつけてた。でも確かにアンタ――アメリアなら大丈夫だろうな」

耳元で名前を呼ばれて、思わず頬がカッと熱くなる。

愛する人に名前を呼ばれるだけで、こんなにもくすぐったく胸の奥が痺《しび》れるようになるなんて予想外だ。

彼の手がドレスを捲《まく》り上げ、太腿《ふともも》に触れる。

ふにふにと揉《も》みしだくような動きをくすぐったく感じながら、ゆっくりと脚のつけ根に近づいてくるのがもどかしくて、いつも触れてくださるところに導こうと自らの腰を揺らしてしまう。

「んっお願い、触って」

「どこが良い？」

ショーツの中に指を入れた彼は、十分に湿った蜜壺《みつつぼ》の入り口に触れクチクチと指先を動かすと、溢《あふ》れてくる蜜を取って前の突起に塗りつけ始める。

「はっ、んん、気持ちい、んっ」

前の突起から快感を拾い始めた私を見て、手早くショーツを脱がせたロワール様は私の脚の間に身体を入れた。

前の突起を嬲《なぶ》る指は止めないまま、反対の手は蜜壺に添えられ、指と指でその入り口を広げられる。

すっかり濡《ぬ》れそぼっているそこは、広げられるだけでクチャといやらしい水音を立てた。

「指、入れるよ」

ぐっと中に押し入ってくるものを感じる。

今まで入り口を浅く触られるだけだったそこに侵入してきた指を出し入れすれば、ぐちゅりぐちゅりと水音が響く。

その淫らな音に、前の突起をクリクリと弄られもう思考が溶けかけていた私は突き上げられるかのように高められていく。

「やっあ、もうっ……んんっ！」

「早すぎ、指増やすから」

そう言うが早いか、二本の指が根元までそこに突き立てられる。

達したばかりの私の中に侵入したその指は、狭いそこを拡げようと掻《か》き回すように内壁を擦《こす》った。

「はっんぁ、私っ今、達したばかりでっ」

「何回イッてもいいから。アメリアの気持ち良いとこ全部触らせて」

いつのまにか増やされた三本の指が、ぐちゅぐちゅと出入りしている。

ドレスを纏《まと》ったままだった胸元をはだけさせられ、ずり下げられたところから乳房がこぼれると、そのまま彼は唇を寄せ舌を這わせて先端を扱《しご》いた。

「ふぁっや、また、あぁっ」

「はは、気持ち良い？　俺もアンタの感じてる声聞いてると堪《たま》んなくなる」

彼が喋《しゃべ》るだけで先端に刺激が走り、下腹部がきゅううと収縮するような感覚に陥る。

こんなに強い快楽を注がれ続けたら、もう頭がおかしくなりそうだった。

「んぁっお願い、入れて、貴方の」

指が抜かれると、すっかり濡れそぼっているソコに一瞬ひんやりとした空気があたるが、すぐに熱いものが触れたのがわかった。

どちらのものともわからない蜜が、その先端をぬるぬると滑らせ、私の中へと導き入れようとしている。

「力抜いてて」

中を割り入ってくるそれに感じるのは、圧倒的な圧迫感。

ゆっくりと前後に揺さぶられながら、その熱いものがジリジリと私の中を埋め尽くしていくのを感じる。

力を抜こうとするが圧迫感を増すそれを意識してしまい、つい息を詰めてしまう。

ぐりっと突き上げられ喉の奥から声が漏れたものの、彼が熱い息を吐いたのを見て、全て入りきったのだと安堵《あんど》した。

「痛くな、くはないよな。苦しいだろ、こっち意識しててい い」

そう言って彼は前の突起をぐりっと押した。

二度も達して敏感になっていたそこは触れられただけでも強い快感を走らせた。

突き立てられた熱棒にゆさゆさと身体を揺さぶられながら、腫れ上がったそこを擦られると、圧迫された息苦しさも忘れてまた快楽の高みへと追い詰められていく。

「んあっ！　ひ、やぁっ」

「は、気持ちい。中熱くて、溶けそう」

中を突き上げられながら敏感な突起を弄《いじ》られ、もう苦しさを感じる余裕もなくただただ気持ちが良い。

喉から意味のない声が溢れるばかりの唇を、彼のそれが塞いだ。

何度も達した身体は弛緩《しかん》して、ぐちゅりぐちゅりと響く水音はまるで、私を突き動かす彼のものを舐め上げているようだった。

過ぎた快感に晒《さら》され続けて自分の身体がどうにかなりそうな焦燥に駆られ、口内に入ってきた彼の舌にすがるようにちゅうちゅうと吸いついた。

「はっ悪い、もうっ」

中で熱棒がびくびくと震えるのがわかる。

彼の頬を伝った汗が胸元にぽたりと垂れて、ぼんやりとした思考の中でも彼が私の中で達してくれたのだと気付き、じんわりと下腹部に広がる熱を愛《いと》おしく思った。

肩で息をしていた彼の手がゆっくりと私の胸に伸び、優しく包むように揉みしだいてくる。

「はぁ、気持ち良すぎ。中に出しちゃったけど、違和感とか体調変化とかない？」

「平気、です。中が、あったかいくらい」

ただ何度も達しすぎたからか身体が重くて仕方がない。

ぼんやりと腕を伸ばすと、ロワール様は私に覆い被《かぶ》さるようにして抱きしめてくれた。

首筋に顔を埋め唇を寄せると、彼の汗なのかほんのり塩味のあるそれを美味《おい》しく感じて、もっと欲しくなり舌先でぺろりと舐め上げる。

「……初めてだから遠慮しようと思ってたのに」

「ん、え？」

「アメリアが誘ってきたんだからな。責任取って」

ロワール様の言葉を理解する前に、再び質量を取り戻したそれが私の中を擦り始める。

柔らかく胸に触れていた指も、乳房を揉みしだき先端を捏《こ》ねるように扱いていた。

「ひ、ああっや、無理、んっ」

「ほら魔力も馴染《なじ》んできてる。はは、きゅうきゅう締めつけてきて、中気持ちいい？」

もう全身敏感になっている身体を揺さぶられ、胸の先端を強く摘《つま》まれると、頭の中が白くなり視界がチカチカしているようだった。

「待っもう、んぅっ」

休ませてほしいとお願いしようとした唇を塞がれる。

舌を絡められじゅるじゅると吸われると、あっさりと快楽の波に攫《さら》われ、もう私には対抗する気力も残っていなかった。

「言っただろ、魔術師は『執拗《しつよう》に求める』って。気をやっても良いよ。しばらく堪能させてもらうから」

ずぶっずぶっと中に突き立てられるものを感じながら、私は意識を手放したのだった。


気がつくと、まず目の前に広がったのは白いシーツで、窓から差し込む日の光に目を細める。

脚の間の違和感に昨日の出来事を思い出し、ここがレントワール国のロワール様の邸《やしき》であることを認識する。

戦勝祝賀会のこともあり気を張っていたからか、あれから一晩も気を失ってしまっていたらしい。

服は何も身につけていないが、身体にもシーツにも昨夜の残滓《ざんし》のようなものはなく、どうやら私が寝ている間に清めてくださったらしい。

腰に回された腕を辿《たど》れば、背後から抱きしめてくれるロワール様の姿があった。

私が身動きをしたために起こしてしまったのだろうか、眠っていたはずの彼はギュッと顔を顰《しか》めたかと思うと、うっすらと目を開き、回した腕に力を込めて私を抱きすくめる。

「おはようございます、ロワール様」

ロワール様の方を向き、いつもと変わらぬ声を出したつもりが昨日の影響か少し掠《かす》れてしまった。

「ん、おはよアメリア。調子どう？　気持ち悪いとかない？」

「すこぶる良好です。お気遣いありがとうございます」

「なら良かった」

私の胸元に顔を埋めて再び眠りに落ちようとしているロワール様の頭を撫《な》で、濃紺の髪を梳《す》く。

「ロワール様、都合の良いときで構わないのですが、一度私の家族に会いに行くことは可能でしょうか」

「なんで。蜜月に入ったんだからしばらく離すつもりはないけど、もうホームシック？」

ロワール様は不満げな声音で返事をしながら、こちらを見上げた。

既に蜜月に入っていたことに少し驚いたが、首を振って彼の言葉を否定し、その額に口付ける。

「いいえ、少し話がしたいだけです。家族は私が望んでロワール様の元に嫁いだことを知りませんし、貴方と共にいることが私の幸せだと伝えたいのです」

「それなら別にいつでもいいけど。蜜月が終わった頃にでも、この邸から直接あっちに行けるよう準備しとく」

「ありがとうございます。それに、早めにロワール様のご家族へ挨拶に伺いたいですわ」

私の言葉に、ロワール様はあからさまに顔を顰めた。

「俺の家族に挨拶なんてしなくていい。揶揄《からか》われるのわかっててアンタを兄貴達に会わせたくないし、身内に会うために頭から爪先まで魔封じつけなきゃいけないのも面倒」

「ロワール様はご兄弟が多くいらっしゃるのですよね？」

「俺は兄五人姉一人の七人兄弟の末っ子。次男と五男は同じ魔術師として宮廷魔術師団で働いてる」

「まあ皆様優秀なのですね」

私の言葉に、隣の彼はうんざりしたような表情を浮かべる。

「宮廷魔術師団なんて独身魔術師の墓場だよ。魔術コントロールの腕を買われて入れた奴ならまだしも、俺みたいな魔力量の多さで入った奴は、仕事中も魔封じをジャラジャラつけて、なるべく人と関わらないように過ごさなきゃなんないしな」

次男の兄貴は魔術コントロールの腕が優秀だから結婚できてるけど、五男の兄貴は魔力量で入ってるから今も相手探しに苦労してると、私の髪に指を絡ませながら呟《つぶや》く。

「そういえばロワール様が副師団長なのですよね？　優秀なお兄様がいらっしゃるのに凄《すご》いことですね」

「いや、それはただこの国で俺より魔力量多い奴が見つかってないだけ。一般の魔術師が保てる魔力の数十人分くらいはあるらしい」

「それはまた、以前ご自身を規格外だとおっしゃっていたのも頷《うなず》けます」

「それを受け止められるアンタも規格外だけどな」

そう言いながら、そっと私の額に唇を寄せる。

この甘い時間をいつまでも堪能していたいと思うが、ここで流されてしまうとこの話はなかったことになってしまう。

「でもやっぱりご挨拶には伺いたいです。これから貴方と共に人生を歩んでいくのですから、ロワール様のご家族には礼を尽くしたいです」

「アンタがどうしてもって言うなら、蜜月が終わったら考えさせて」

そう言って、覆い被さってきたロワール様は口付けを再開する。

昼も夜も関係なくひたすらに愛された結果、私は蜜月の間中寝室から出ることも服を着ることもほとんどなく、以前の彼が私に宣言した通りの日々を過ごしたのだった。

エピローグ

蜜月が終わった翌月、彼は約束通り私を我が侯爵邸へ連れて行ってくれた。

私が望んでロワール様の元へ嫁いだことを話せば、両親は泣いて喜んでくれたし、アレクも私を頼むとロワール様に挨拶をしてくれた。

その後、ロワール様が自己申告していたように、首から腕から腰にまでジャラジャラと魔封じをつけた状態ではあったが、彼のご家族にもお会いできた。

ロワール様のご両親に挨拶に伺うと、「ロワールは結婚できないと思っていたのにこんな素敵な奥さんを迎えることができるなんて」と大変喜んでいただき恐縮しっぱなしだったし、魔術師であるお兄様方に挨拶に伺ったときは実在したことを驚かれ、更に私から口説いたことを話せば信じられないものを見るような目で見られた。

そのとき、宮廷魔術師団を訪れたことがきっかけでロワール様結婚の事実が広がり、あのロワールが結婚相手を見つけられた国として、たった数名しかない我が国の常駐魔術師の枠に応募が殺到したらしいが、それを私が知るのはもう少し先の話。

「アメリアが足りない」

「ロワール様、昨日も遅くまで付き合ったではありませんか」

「魔術師の愛は重いと言っただろう」

私を抱きしめたまま離れないロワール様を諌《いさ》めるのは、いつのまにか毎朝の日課となっている。

今日も朝食を終え着替え終わった彼は、私の隣に陣取り離れる様子がない。

「私もロワール様と離れるのは辛《つら》いです。でも、その分帰ってきてたくさん愛してくださいますよね？」

ちなみに離れるといっても、彼の日中の仕事時間だけで別に出張や遠征に出るわけではない。

「どうでもいい書類や魔術開発に付き合ってる間にアメリアの一分一秒を見逃してると思ったら、魔術師塔を爆破したくなる」

彼の場合はやろうと思えばできてしまうから冗談にならない。

「私には貴方《あなた》の痕がついていますから、気になったらいつでも聞いてくださいませ。その都度、愛を囁《ささや》いて差し上げますわ」

「うっ……また俺の扱いが上手になって」

「愛するロワール様のためですもの。さあ、そろそろお時間ですよ。いってらっしゃいませ」

私の言葉に渋々といった様子で、こちらを名残惜しそうに見つめながらも姿が消える。

どうやら観念して職場へ向かってくれたようだ。

ホッとしたような少し寂しいような、彼の消えた空間をぼんやりと見つめる。

『魔術師の愛は重いと言っただろう』

私と一緒にいたいと主張するとき、彼は大抵拗《す》ねたようにそう口にする。

毎朝の攻防も愛《いと》しい日々の一部分だ。

ここに来てからずっと、誰かの一番になりたいと必死になっていた頃には知り得なかった幸福感に満たされている。

ロワール様を好きになれて愛していただけて、褒賞として望んでいただいて本当に良かったと心から思える。

この幸福な日常がいつまでも続きますようにと、幸せを噛《か》み締めるのだった。

そっと視線を移すと、窓の外には穏やかな晴天が広がっていた。

番外編

番外編一　海を渡ったその先で（ロワール視点）

「ロワール、今回の見合いはどう？　上手《うま》くいきそうかい」

相手の言葉に、昨日会った小柄な女性の姿を思い出す。

各所から上がってきた書類の確認を終え、師団長の部屋に提出しに来ただけなのに、嫌な話題を振られたなとつい眉間に皺《しわ》が寄った。

「無理だろうな。評判通り魔力は著しく低いが、同じ部屋にいるだけでも魔力酔いが酷《ひど》い。吐き気を必死に堪《こら》えてる姿を見てるとこっちもしんどくなる」

相手の容姿など、ほとんど印象に残っていないが、見合いの席で真っ青な顔で口を引き結んでいる姿はただただ痛々しかった。

魔力が低く生まれてきた人間は、両親が不仲で貧しい環境に育ってきた場合が多い。

終始俯《うつむ》いたまま着慣れない服や靴に戸惑っていた感じを見ると、大方親が玉の輿《こし》だと俺の縁談話に飛びつき、無理矢理田舎から出されてきたのだろう。

「そうか、今回もダメだったか」

「身売り同然で連れてこられたっぽいし、家に帰すのも可哀想《かわいそう》だから、魔術師塔の食堂ででも働かせられないか？　俺は無理でも、相性によっては耐えられる相手もいるだろ」

宮廷魔術師団に勤めている魔術師に見初められれば生活に困ることはないし、何より魔術師としての特徴が強い奴が多いから、魔力酔いさえなんとかなれば大切にしてもらえるだろう。

「はは、ちょうど一人寿退社すると聞いているから紹介してみよう。ロワールは優しいな」

「うるせえ、早く書類確認してくれ」

俺の言葉にようやく視線を書類に落としたのは、上司のアルバス。

宮廷魔術師団の師団長で、やたら俺の世話を焼きたがる第二の父親のような存在だ。

父親ほど歳《とし》は離れてないが、最近亜麻色の髪に白いものが混じり始めている。

規格外の魔力量のせいで早くから宮廷魔術師団に預けられていた俺は、長い間アルバスの元で魔術師見習いをさせられてきた。

いつも柔和な笑みを浮かべているこの男は、魔封じなしの俺といてもその魔力を受け流せるし、逆に魔力エネルギーとして有効活用する方法を編み出した嫌味なほど優秀な上司である。

「ロワールにも早く良い人が見つかればいいな。そういえば、もうすぐ海の向こうの大陸へ行くんだろう？　あちらは魔術関係が発達してないって噂《うわさ》だから良い出会いがあるかもしれないね」

「はは、俺の側《そば》にいて平気な奴がいたら、首輪つけてでも連れて帰ってくるわ」

いつもの冗談を適当に流して、書類を受け取るとさっさと部屋を辞したのだった。

＊＊＊

冗談だろう、と思った。

突然俺の宿泊先に突撃してきたお姫様みたいな美人が、俺に求めてほしいと言ってきたからだ。

こんな都合の良い話があるかと、信じられるはずがない。

そもそも隣国との小競り合いに助力をしたと言われたが、この国に入ってすぐ、たまたま居合わせた負傷兵に応急処置程度の治癒魔術を使ってやったら、大事な伝達の途中だとかでソイツを自軍の駐屯地に送り届けることになり、着いた場所がまた酷い有様で、負傷兵があまりに多いものだから適当に重傷者あたりを命は落とさない程度に治癒していたら、軍の中でも偉い奴が出てきてあれよあれよという間に英雄に祭り上げられていた。

確かに俺の膨大な魔力は兵器になるが、治癒魔術は初歩の初歩くらいの知識しかない。

それでも多大な貢献をしたとして、この国の王様から領地と爵位を与えられそうになったので丁重にお断りした。

視察目的で海を渡ってこの国に来たが、これくらいの魔術で驚かれるレベルならもう帰国しても問題ないかもしれない。

早々に侵略して植民地にしてしまえば自国の役に立つだろう。

そう思っていた俺の前に現れたのが、アメリアと名乗る女性だった。

美しい白銀色の髪をまとめ、真っ直《す》ぐこちらを見上げる薄紫の瞳は、揺るがない意思を物語っていた。

要は婚約者と浮気相手が結ばれるために利用されそうになっているから、そこから逃げ出したいらしい。

なぜこの国の王太子の婚約者で、高い教養があり誰からも愛されそうな美しい容姿の彼女が、俺のような一介の魔術師に求められようとするのか。

こんな上手い話があるだろうか。

彼女は必死に俺に訴えてくるが、どう考えてもハニートラップの類《たぐい》としか思えない。

魔術に無防備なふりをして実は俺の魔力量に気付いていたのか、実際は対抗防備を隠していたりするのか。

考えれば考えるほどわからなくなり、ふと部屋の隅に視線をやると、彼女が連れてきた従者であろう男が、額に脂汗を浮かべて何かに耐えるように顔を顰《しか》めていた。

体調でも悪いのかと思い、すぐに魔力酔いだと気付く。

魔力を持たない人間でも、この密室で俺の魔力を浴びれば酔いもするだろう。

魔力酔いは高い湿度の部屋に閉じ込められたような感覚から始まるというから、彼は今息苦しさと吐き気に苛《さいな》まれているに違いない。

そして、ふとある可能性に気付きドクンと心臓が跳ね上がった。

俺の真正面には、くるくると表情を変えながら自らを売り込んでいる女性がいる。

彼女は俺の正面に座り、テーブルを一つ挟んだ距離で平然としているのだ。

もしかして、と心は期待に揺れる。

しかし、もしかしたとしても、彼女がこの国の罠である可能性は十分にある。

それでも、例え罠だとしても、この機会を逃すのはもったいなく思えた。

自分の魔力に耐え得る可能性を秘めた女性をみすみす手離して、あとから後悔はしたくない。

彼女を拒絶するのは、本当に俺の魔力に酔わないのか、この国の差し金でないかを確認したあとでも問題ないだろう。

彼女の動向を探るため、彼女に魔術痕を残して関わることにした。

その日の夜、魔術痕の効果に問題ないか確認のため、寝静まったのを見計らって彼女の居場所へ転移した。

静かになったので寝たのかと思ったが、彼女はベッドサイドに本を高く積み上げ、薄暗い部屋で読書に励んでいた。

念のため認識阻害のローブを着用してきて良かったと、胸を撫《な》で下ろす。

どんな本を読んでいるのかと重ねられた木のタイトルを見てみれば、どれも恋愛小説や恋愛指南本ばかりだ。

日中恋愛経験が乏しいと口にしていたのは事実だったのだろうか。

背後に回って今読んでいる内容をチラリと覗《のぞ》くと『マリア・ハウベルの甘い夜』というタイトルの

本は、なかなかに過激な内容のようだった。

まだ頁《ページ》数も半ばだというのに、婚約者である女主人公が他の男にちょっかいをかけられたことに嫉妬して唇を奪い身体《からだ》を弄っている。

俺なら手を出してきた男の指を一本一本反対側へ折ってやるだろうが、この本に登場してくる男は女主人公を征服することで安心するらしい。

この男も魔術師に近いくらいには愛が重そうだが、アメリアは特に表情を変えることなく読み進めている。

もしかして彼女なら魔術師の重い愛にも耐えられるのではと淡い期待を抱いたが、あまり長居をして存在を気取られても面倒なので、枕元の見えないところにそっとメッセージカードだけを置いて宿泊先へ戻った。

『会えるのを楽しみにしてる』と記したが、別に俺がアメリアに会いたくて仕方ないわけではない。

ただ、せっかく俺を口説いてくれるというのに初日から会いに来ないなんてつまらないだろう、それだけだ。

明日はどうやって過ごそう、彼女の体調次第ですぐに着用できるよう魔封じを用意をしておこうか、魔力の揺らぎを作らないようなるべく平常心でいようなどと考えて、その日はなかなか寝つけない夜を過ごしたのだった。

それから二日、三日と彼女と過ごしたが、彼女が魔力酔いする様子は全く見受けられない。

共に町を歩き、食事をしたり観劇を楽しんだり、まるで恋人同士のような時間を過ごしているが、彼女は顔色も良く何より楽しそうにしている。

昨日は我が国の習慣のハグだと偽って、帰り際に密着して確かめてみたが、これまでと変わらず特に変化はなさそうだった。

むしろ距離をとりながら彼女の護衛をしている男性の方が、日々顔色が悪くなっている気がする。

信じられないことに、もしかしたら彼女は俺の魔力を受け入れられる女性なのかもしれない。

日々を共に過ごしていれば、彼女本人が口にしていた通り、本当に男慣れしていないことにも気がついた。

頭でっかちで本で調べたり周囲の人に尋ねたりしてくるものの、変なところでずれていたり、俺の行動にいちいち動揺する姿を見るのが嬉《うれ》しくもありくすぐったくもある。

こんなに美しく愛らしくて誰にでも好かれそうな女性が、俺を受け入れてくれることを想像するだけで、身体の芯から熱くなるし、彼女を手放したくないとドロリとしたものが心の中を侵食してくる。

例え彼女がこの国が用意した罠だとしても、自国に攫《さら》ってしまえば逃げられないはずだ。

ああ早く、早く彼女を手に入れたい。

俺だけのアメリアにしてしまいたい。

二人で町を散策する日々が続いたある日、アメリアに声をかける男が出てきた。

最近のアメリアは、自邸の使用人に「男性を口説くために効果的なのは、身体の関係に持ち込むこと」と提案されてから、俺の宿泊先に来る前に一度向かいの公園で思案するようになっていた。

魔力を直接流し込める機会をアメリアから持ち込んでもらえるならばと期待して様子を見ていたが、どうやら俺以外にもアメリアの様子を窺《うかが》っている奴がいたらしい。

馴《な》れ馴れしくアメリアに喋《しゃべ》りかける男を忌々《いまいま》しく思い、転移して追い払おうとした俺の耳にアメリアの声が飛び込んでくる。

「恋人という間柄ではありません」

何度も共に町を歩き食事を重ね、挨拶と思っているとはいえ抱きしめ合った俺のことを恋人ではないと否定する。

じゃあ一体俺はアメリアのなんなのだとモヤモヤした感情が身体中を支配し、彼女の背後に転移して直ぐに俺の宿泊先へ連れ込んでしまっていた。

やってしまったと思ったが、彼女は転移魔術に驚くばかりで俺の心内に気付く様子はない。

それどころか俺の嫉妬を喜ぶような素振りに、渦巻いていた怒りや不安が一瞬にして霧散していった。

なぜ俺のことを恋人でないと伝えたのか聞いてみれば、

「私はまだロワール様を口説いている途中ですので」

と真っ直ぐな回答が返ってきた。

この美しく愛らしい女性は俺を口説くためにここに通っているし、俺に求めてもらおうと必死になってくれていると思うと、先程までささくれ立っていた心が急に凪《な》いでいく気がする。

もう彼女からの誘いを待つのは限界だと、自分から直接魔力を流す提案をした。

あっさり受け入れてくれた彼女は、素直に俺の太腿《ふともも》に腰を下ろす。

彼女との口付けは狂いそうなほど甘美で、幸福を溶かしたものを口に含んでいるようだった。

触れるだけで痺《しび》れるような快感が走るし、舐《な》めても食《は》んでもずっと満たされず、彼女の全てが欲しくなる。

しかしそんなことをしてしまえば、さすがの彼女も魔力酔いを起こし、もう会ってくれなくなるかもしれない。

それは嫌だと必死に自制し、ひたすら口付けで魔力を注いだ。

俺の努力の甲斐《かい》もあって、口付けでは彼女は魔力酔いを起こさなかった。

それどころか下腹が疼《うず》くと言われてしまえば、どうしてもその先を想像してしまう。

魔術師である俺にこんなにも気を許して、愛される覚悟はあるのだろうか。

ああ、駄目だ。

アメリアと深く繋《つな》がりたくて仕方ない。

アメリアと淫らな口付けを交わす日々に満たされていたある夜、彼女の家に嫌な訪問者があった。

事態を把握し、直ぐに認識阻害のローブを着用して彼女の元へ跳んだ。

目の前に映ったのは、弟に手を引かれて邸内に導かれる彼女の姿だった。

前から思っていたが、アメリアは男性との距離が近すぎないだろうか。

そう歳が離れていないような弟とも手を繋ぐし、明らかにアメリアを女性と意識している商会の男性従業員からのプレゼントを受け取ることもあれば、年若い使用人の男性と気さくに談笑していることもある。

俺を口説いているのだから俺だけを見ていればいいのに、なぜそんなにたくさんの男と関わりを持つのか。

苛立《いらだ》ちながらも、使用人が入室するのに紛れて王太子が待つという応接室に忍び込む。

応接室でおっとりとした壮年の女性の向かいに座っているのが、彼女の婚約者だという王太子らしかった。

まさに絵物語から出てきたような艶めく金の髪とサファイアのような瞳を持った美しい男性は、なんの苦労も知らない手入れされた指で優雅にお茶を飲んでいる。

浮気相手とよろしくしていればいいものを、なぜ今になってアメリアの元へ訪問などするのか。

まさか彼女の計画がバレて今更惜しくなったとか、浮気相手に愛想をつかせてよりを戻そうというつもりだろうか。

もしそうならば、今ここで始末してしまおう。

彼女が準備を終えて入室してからの話し合いの内容に、心底ホッとした。

浮気男はちゃんと浮気相手に夢中だったし、アメリアはそんな婚約者に呆《あき》れている様子だった。

婚約者との不仲を目にしたことで、アメリアがこの国の罠である可能性もぐっと低くなった。

恐らくアメリアは本気でこの浮気男に愛想をつかして俺の元へ来てくれたのだ。

ならば俺は、彼女を心から愛してしまっても問題ないだろう。

彼女は俺に求められたいと言っているのだから、好きになって何が悪い。

満たされた気持ちで、不義理な婚約者が退室していくのを見届けようと思っていたら事件が起こった。

あろうことか、王太子はアメリアとのすれ違いざま、体調を気遣うように彼女の頭に触れたのだ。

——殺す。

湧き上がった明確な殺意に魔力が膨れ上がり王太子を焼き殺そうと思った瞬間、魔術痕の痛みに彼女が倒れ込んだのを見て身体中の血が引いた。

彼女を苦しめたのは間違いなく俺の急激な魔力増幅だ。

後悔と罪悪感に慌てて駆け寄ったが、側にいる王太子が邪魔で近づけない。

彼女の背中を摩《さす》っている王太子の手を目にして、その腕ごと切り落としてやりたい衝動に駆られるが、自分の怒りがアメリアを苦しめることがわかっているから必死に抑えた。

幸いにも彼女は王太子の手を自分で拒否して、名残惜しそうに何度も送られる視線も無視してくれた。

その夜、アメリアが自ら王太子を拒否してくれた、その事実が俺の心を少し軽くしてくれたのだった。

アメリアは魔術痕を通じて声をかけてきた。

聡《さと》い彼女のことだからいつかは気付くと思ってはいたが、先程自分のせいで彼女を苦しめたばかりの俺は正直会わせる顔がなかった。

今まで彼女を疑ったり私生活を覗いていたことを知られたら軽蔑されるだろうと思っていたが、アメリアはあっさり受け入れた上でこれからも魔術痕は消さなくてもいいと言う。

あまつさえ、ドレスには俺の髪と瞳の色を取り入れてくれると言ってくれるのだからもう堪えられなかった。

許可を取ると、すぐに彼女の身体を弄った。

服の中に手を入れ、直接触れればしっとりとした彼女の肌は俺の手に吸いついてくるようで、柔らかな感触に全身を舐め回してむしゃぶりつきたくなる。

胸の先端や股の間を刺激すれば、彼女は甘い声をこぼしてくれる。

蜜壺《みつつぼ》の入り口に触れれば、たっぷりと指に絡みつく蜜が俺との触れ合いに感じていることを伝えてくれていた。

早く彼女を俺のものにしたい。

俺だけのアメリアにして自邸に連れ帰って、ずっと閉じ込めておきたい。

それからというもの昼は俺の宿泊先でひたすら口付けを重ね、夜は彼女の身体を堪能する日々を過ごした。

昼夜と触れ合っても飽きることなく、ますます彼女が欲しくて堪《たま》らなくなってくる。

今夜も彼女の身体に触れられると期待を込めて訪れれば、服の中に忍ばせた手を彼女の細い指が掴《つか》んだ。

拒否されたと思い彼女に恨言《うらみごと》を言えば、思わぬ答えが返ってくる。

「いつも私ばかり気持ちよくなってしまうのが心苦しくて、今日はロワール様も気持ちよくなっていただきたいのです」

彼女にそういった知識があったのも驚きだったが、まさかそんな提案をされると思っていなかった俺は頭が真っ白になり、何も言葉が出てこず口を開け閉めすることしかできない。

それでも彼女に触れてもらえるなら、俺を受け入れてくれるなら、これ以上に嬉しいことはなかった。

いつものように彼女の身体を堪能しながら、彼女の手に己のモノを擦《こす》りつける。

彼女の白く細い指が必死に俺のモノを逃すまいとしているのが堪らなかった。

勢いのまま彼女の白い腹に劣情をぶち撒《ま》けると、己のものに汚された彼女が視界に広がり、心の中が仄暗《ほのぐら》い征服感に満たされる。

さすがの彼女でもなんらかの魔力反応があると思ったが、精液に触れても特に体調には問題ないようだった。

そこからはもう有頂天だった。

アメリアは俺を受け止められる、俺が好きになっても愛を返してもらえる。

その事実が俺の中でひたすら反芻《はんすう》され、俺を幸福の頂点へ押し上げていた。

早く彼女を俺のものにして、国に連れて帰りたくて堪らない。

浮かれたまま宿泊先に連れ込んだものの、ついやりすぎて気を失わせてしまった。

もう少しの我慢だ。

気を失った彼女に夜着を着せベッドに横たえると、そっとその額に口付けを落とした。


戦勝祝賀会は面倒だが、これに参加しなければ正式にアメリアを妻として迎えられない。

彼女の髪色のローブに瞳色のブローチをつけたが、気付いてもらえるだろうか。

今日すぐに来てもらえるように、何度か行き来して、自邸の一室をアメリアの部屋に似せて用意している。

王太子となっている長兄の力も借りて、宰相にもこの国を友好国とすることに納得してもらったし、入国手続きも婚姻手続きも準備を終えていた。

あとはアメリアを連れて転移するだけだ。

祝勝会は特に問題もなく、用意していたシナリオ通り進んだ。

会場の貴族達は恋愛小説のような展開を好んで祝福してくれたし、何より俺の髪と瞳の色に包まれたアメリアは美しく、この姿をこれからは俺だけが独占できるのかと思うと身体中が幸福感に満たされた。

ただ気持ち悪かったのは王太子の浮気相手が、やたらアメリアに似ていたことくらいだ。

たとえアメリアが自国に帰ることがあっても、あの王太子には二度と会わせないようにしようと心に誓う。

本国にアメリアを連れ帰ってからは、ひたすらに貪った。

俺の知らないところがないように、内側も外側も俺の触れていないところがないように、全てを愛し尽くした。

この国で魔術師が厭《いと》われる原因であるこの執拗《しつよう》な性格が現れたような行動なのに、アメリアは嬉しいと、俺が欲しいと望んでくれた。

俺の馬鹿みたいな量の魔力も、ひたすらに重い愛情も全て受け止めてくれるアメリアが愛《いと》しかった。

アメリアと出逢《であ》えて、愛し合えて、本当に良かった。

気を失った彼女を抱きしめて、その美しい白銀色の髪に口付ける。

気がつけば目から溢《あふ》れた雫《しずく》は、頬を伝うことなくシーツに吸い込まれ、彼女に気付かれることはなかった。

＊＊＊

蜜月が終わった翌日、魔術師塔に出勤した俺はアルバスの元に報告に行った。

蜜月を取ったのだから結婚したと聞いたのだろうが、半信半疑だったらしい。

「もう一度確認するが、誘拐ではないんだな？」

「だから何度も言ってるだろ、向こうから来たんだって！　鶏が食べてくださいってナイフとフォーク持参で寄ってきたら捕まえるに決まってるだろ」

アルバスは神妙な顔をして頷《うなず》いているが、これはまだ信じきれていないらしい。

「そうか。フィオールに聞いた感じ、まだ家族にも会わせていないのだろう？」

「うっ」

フィオールとは宮廷魔術師団に所属する次兄の通称で、アルバスとは歳が近いのもあって仲が良い。

「顔合わせくらい早くやりなさい。ご両親も心配しているだろうし、魔力酔いが心配なら私が同席して手助けしてもいいから」

「……妻が挨拶したいって言うから、近々行くつもりはあった」

「良い奥さんじゃないか。ロワールが結婚できたと知れば、どれほどの魔術師が希望を持つかわからないな。もちろん結婚式もやりなさいね」

「なんで綺麗《きれい》に着飾ったアメリアを披露しなきゃならないんだ」

「君の奥さんはアメリアという名前なのか。美しい名だね」

「アルバス師団長でも、妻の名は口にされたくない」

「はは、君は魔術師の性《さが》が強いし、そう思うだろうね。でもだからこそ考えた方がいいんじゃないか？　彼女は一人で知らない国に来て、ロワールの奥さんになってくれたんだろう。君の家族くらい紹介してあげないと、彼女は孤独で辛《つら》いんじゃないかな。それに結婚式は女性の夢だともいうし、提案してあげたら喜ぶと思うよ。喜ぶ奥さんの顔を見たくないかい？　もっと好きになってもらえるかもしれないよ」

思わず喉の奥から唸《うな》るような声が漏れる。

そりゃあ喜ぶアメリアの顔を見たいし、もっとアメリアに好きになってもらいたい。

「顔合わせも、ご両親と魔力耐性があるフィオールとダリアールなら、すぐに会わせてあげられるかもしれないね」

アルバスが名を挙げた二人は魔術師となって宮廷魔術師団に勤めている兄達だ。

確かに彼等だけにアメリアを会わせるのならば、そんなに準備はいらない。

「他の兄姉《きょうだい》には彼等から伝えてもらったらいいいんじゃないかな。結婚式をするならば、その機会に会うことができるんだし。ああ、君の兄達に奥さんを会わせる際には、私も同席するから安心してくれていい」

結局はアルバスがアメリアに会いたいだけなんじゃないかと疑いの眼差《まなざ》しを向けるが、なんだか疲れてしまってやめた。

やたらと頭の回る上司に腹の探り合いで勝てたことなど一度もない。

「ずっと一人で寂しそうにしてた君が、誰かと触れ合えるようになるなんて本当に良かった。ロワール、今幸せかい？」

「……はい。おかげさまで」

アルバスは満面の笑みを浮かべてこちらを見つめた。

俺はその生温かい視線が気恥ずかしくて、つい逸《そ》らしてしまうのだった。

番外編二　その後の二人と周囲の人々

「結婚式、ですか？」

彼の口から出た珍しい単語を、つい聞き返してしまう。

「結婚式って言ってもそんな大々的なものじゃなくて、身内だけを呼ぶ小規模な感じで良ければだけど、アメリアはやりたい？」

寝台の上で向かい合って座る私の髪を指先に絡めながら、口籠《くちごも》るように提案する様子を見て、どうもロワール様自身が思い立ったことではないように感じる。

誰かに結婚式をするべきだと言われたのだろうか。

ロワール様と結ばれ、この国へ来てまだそれほどの月日は経《た》っていない。約一ヶ月間の蜜月を終えたのは、つい先週のことだ。

蜜月を終え魔術師としての勤務が再開したあとも、彼は離れがたい気持ちを言葉にしてくれたり、二人の時間は片時も身を離さなかったりと、その深い愛情を惜しみなく注いでくれている。

「ウェディングドレスには憧れがありますし、ロワール様が良いのでしたら是非。しかし、良いのですか？　ロワール様はそういった類《たぐい》は好まれないかと思っておりましたが」

様子を窺《うかが》うように、その顔を見上げると金緑の瞳と視線が合った。

「アメリアが喜ぶなら、やってもいい」

「……実は以前、両親から私の花嫁姿が楽しみだと言われたことがあったので、嬉《うれ》しいです。ありがとうございます」

感謝の気持ちを込めて彼の背中に腕を回すと、薄い夜着を通して彼の熱が伝わってくる。

彼が抱きしめ返してくれると、そのまま私に覆い被《かぶ》さり、向かい合うようにしてベッドに沈み込んだ。

「俺のこと見直してくれた？」

「もちろんです」

唇に柔らかいものが当てられ、優しい口付けが降ってくる。

「もっと好きになった？」

「ふふ、もっと好きになりましたわ」

見直すも何もロワール様に不満など一つもないのに、彼は未《いま》だに私の愛情を更に欲しがるような態度をとる。

それがただただ愛《いと》しく、彼が安心できるようもっと私の愛を伝えていかなければと思うのだった。

「姉上、本当によろしいのですか？」

机に広げられた書類を確認して、アレクは神妙な顔で問いかけてくる。

「姉上がここまで大きくされた商会を、私の名義にしてしまうなんて心苦しいです」

転移の魔術で侯爵邸に訪れた私は、応接室でアレクと向かい合っていた。

魔術痕をつけたままでいいのならいつ行っても構わないと、ロワール様は私だけで転移できる魔術陣を作ってくださり、日中の空いた時間に侯爵邸へ来られるようになっている。

ロワール様の魔力が魔術痕を通して陣と反応することで私を転移させてくれると説明されたが、結局仕組みは全く理解できなかった。

ちなみに侯爵邸から外出するときには認識疎外のローブを着用するようにと、便利な魔道具まで貸してくださった。

頭まで被れば周囲に全く認識されないが、フードを脱げば存在は認識されるが個人は特定できず、名乗った相手にのみ個人が認識されるらしい。

レントワール国に嫁いでから今まで、魔術には驚かされるばかりである。

その便利なものを自由に扱えるロワール様は、やはり私にはもったいない優秀な方なのだと改めて感じた。

侯爵家を訪れたのは先日以来、ロワール様とはお互い納得した上の求婚であったことを報告に来たばかりなので少し照れくさいが、今日はやらなければならないことを済ませるために訪れたのだ。

それが、自分が作った商会の一部をアレク名義に変えることだった。

「アレク、これは商会のためでもあるのです。私は今までのように頻繁に顔を出せなくなりますし、国外に嫁いだ私よりアレクの名前を出した方が侯爵家の後ろ盾がわかりやすいでしょう？　宝飾や装飾品関係は女性名の方が聞こえが良いので引き続き私の名前にしておきますが、これは商会を発展させていく上で必要なことです」

「ですが」

「私のほんの些細《ささい》な親孝行だと思って受け取ってほしいの。親ではなく弟ですけれど」

くすりと微笑《ほほえ》んだ私の言葉にぐっと眉根に力を込めるが、諦めたように息を吐いた。

生まれてこの方ずっと近くにいたアレクは、一度言い始めたらなかなか引かない私の性格もよく知っている。

「そこまでおっしゃっていただけるなら、勉強だと思って努めさせていただきます。ありがとうございます」

苦笑混じりに書類にサインをする弟を見て、ホッと胸を撫《な》で下ろす。

これで商会も安定するし、侯爵家にとっても利益になるだろう。

あの祝勝会での一件は、王家を敵に回すような行為だと捉えられても仕方がない。

自分が他国へ嫁いでしまった今、この国に残した大切なものを守るためには最善を尽くしておきたい。

弟のサインを確認して、書類を封筒に入れていく。

「ああ、姉上一つお伺いしたくて。カッツェ伯爵家のサンドラ様とライダール公爵家のディアーナ様と親しくされていた事実はありますか？」

「いいえ？　ディアーナ様はお誕生日会に招待されて何度か出席させていただきましたし、サンドラ様は我が商会の宝飾品をよく購入してくださっていますが、特に私個人と親しくしていた間柄ではありませんわ」

聞き慣れない名前に何度か目を瞬《しばたた》かせる。

例の祝勝会の件で何か言われたのかと思ったが、ライダール公爵家は王家派だがカッツェ伯爵家は議会派のはずで共通点はないはずだ。

「ですよね、姉上は貴族学院に通っていらっしゃらないから個人的な交流もほとんどありませんでしたし」

「その二人が何か？」

アレクは浅く溜《た》め息をつくと、困ったように笑顔を作った。

「姉上の親友だと主張されておりまして、手紙だけでも取り次いでほしいと粘られています」

――なるほど。

例の祝勝会で起こった事件は、思ったより王家の求心力に打撃を与えているらしい。

あのやりとりを聞いていれば、もはやこの国の王家につき従っている場合ではないことは明白だろう。

地位や権力を維持するためには、レントワール王家との繋《つな》がりを優先するべきだと判断した貴族が既に出てきているようだ。

現状唯一のとっかかりが我がベレッタ侯爵家であるのだから、繋ぎを作っておきたいらしい。

この調子だとアレクの婚約話も山のように降ってきているに違いない。

「アレクも苦労するわね」

「姉上の今までの苦労に比べればささやかなものですよ」

アレクの表情に、私の予想は外れていなかったことを確信する。

できれば弟にも誰かと愛し合える幸せな結婚をしてほしいと思うが、侯爵家嫡男にはなかなか難しいことであるのも理解していた。

願わくばアレクが望む相手との縁が結ばれますようにと祈るばかりだった。


結婚式の提案から数日経ち、ロワール様に連れてこられたのは、彼の職場である魔術師塔だった。

彼曰《いわ》く、親兄姉全員に会うにはそれぞれに合わせた魔封じを用意しなければならず、ひとまず耐性のある魔術師の次兄と五兄に挨拶して結婚式の話を伝えていただき、ご両親には後日改めてお伺いすることになるらしい。

いつもの出勤先である彼の部屋に転移すると、彼はジャラジャラと音を立てながら、磨かれた大粒の黒曜石を繋げたようなものを首と腕に装着していく。

ロワール様に手を引かれるまま、とある一室に導かれた。

扉が開くと、中には先客が三人いた。

「初めまして、ロワールの奥方様。私はアルバス、宮廷魔術師団で師団長を務めている者です」

柔和な微笑みをこちらに向ける亜麻色の髪の男性は、お父様くらいの年齢だろうか。

大きな仕事机に腰を据えたその姿は、なるほど貫禄《かんろく》があった。

「前にも話した人使いの荒い俺の上司だ」

「アルバス師団長様初めまして、アメリアと申します。主人が大変お世話になっております」

淑女の礼をとると、アルバス師団長は興味深そうにこちらを眺めている。

彼の両脇には二人の男性がいた。

その男性方は、こちらを見つめてポカンと口を開けている。

「嘘《うそ》だろ!?　本当に人間じゃん」

「ダリアールやめろ、彼女に失礼だ」

ロワール様の説明によれば、私を見て開口一番に叫んだ濃紺色の長い髪を束ねた彼が五男のダリアール様、眼鏡を押し上げながらダリアール様の言葉を咎《とが》めた青灰色の髪の男性が次男のフィオール様らしい。

共にロワール様と同じ金緑の瞳をしている。

「えっどういうこと？　ロワールとこの美人が本当に結婚したって？」

「お兄様方へ挨拶が遅れまして申し訳ございません。先月ロワール様の妻となりましたアメリアと申します。これから末永くよろしくお願いいたします」

再び我が国の淑女の礼をとると、二人は言葉を失ったように口を開けてこちらを見ている。

「誘拐してきたわけでもないってのか」

「……まともに会話ができるということは、洗脳の類でもなさそうだな」

「おい、二人とも俺のことなんだと思ってんだ」

ロワール様が睨《にら》みつけるが、義兄達にはなんの効果もないようだった。

「いやすまない。まさかロワールを受け入れられる女性が現れるとは、想像もしていなかったものだから」

「アンタはロワールと一緒にいても気持ち悪くなったりしないのか？　魔力は低そうだけど、そういう体質？」

ダリアール様がこちらに近づこうとすると、前に出たロワール様が三人の視界から私を隠すように立ち塞がった。

「俺の妻に必要以上に近寄るな。特にダリアールは絶対に触んな」

ダリアール様に限定したのは、恐らく独身だからなのだろう。

言われた本人は全く気にしてない様子で、ロワール様の肩口からこちらを覗《のぞ》き込んだ。

「ほらこれ、ロワールは典型的な魔術師思考だから嫉妬深くて大変だろ？　アンタみたいな美人、絶対ロワールが一目惚《ひとめぼ》れしてしつこく追いかけ回されたんだろ」

「あっいえ、逆です」

「は？」

「私がロワール様を口説かせていただいた結果、こうして妻として迎えていただくことができました」

私の言葉に、ダリアール様は掠《かす》れるような声で信じられないとこぼしながら目を見開く。

見開きっぱなしの彼の目は、そろそろこぼれ落ちてきそうである。

「つまりアンタが望んでロワールと結婚したってこと？　えっなんで、こいつ典型的な魔術師タイプだから嫉妬深いし執念深いし夜もしつこいだろ」

「ダリアール、口を慎め」

「いや、だってそんなことあるか？　ロワールだぞ、奇跡でも起こってんの？」

義兄達は言い争いを始めてしまったので、どうしたものかとロワール様を見上げるとなんだか思い詰めたような表情に見える。

手首の痕も不穏な熱が揺れている気がした。

これは早めに私の気持ちを伝えておかないと、変な誤解が発生してしまうかもしれない。

「あの、私はお兄様方ほどロワール様の性格を存じ上げないかもしれませんが、嫉妬してくださることはくすぐったいですが嬉しいですし、私を求めてくださることも幸せに感じています」

私の言葉にロワール様は振り向き、顔を赤く染めている。

そんな私達を見て、義兄達は再び目を見開いて固まっていた。

「嘘だろ、こんなことあるかよ」

「ダリアール、ロワールは彼女の国で一握りの幸福を掴《つか》んだんだ。祝福しようじゃないか」

「そりゃ一番可能性低かったロワールが結婚できたのは喜ばしいけど、まさかこんな奇跡が起こると思わないじゃないか」

フィオール様との会話で落ち着いた部分があったのか、ダリアール様は深く溜め息をつくと、眉根を寄せたまままこちらに微笑みかけた。

「はあ、とりあえずおめでとうロワール」

ダリアール様の祝福の言葉に、ロワール様もようやく肩の力が抜けたようだった。

結婚式の日程について簡単に話すと、早々に部屋を退出した。

ロワール様に手を引かれ廊下を歩いていると、同じような格好の方と何人もすれ違う。

彼の役職のためか皆様律儀に会釈をしてくれた。

ロワールの結婚は本当だったのか、副師団長が結婚できるなら俺だって、彼女の国には魔力耐性のある女性が多いのではと噂《うわさ》される声が耳に入ってくる。

ロワール様の結婚が難しいという事実が、これほどまでに有名な話だったとは知らず、驚くばかりだった。

少し寄りたいところがあると彼に連れてこられたのは、大きな研究室だった。

扉が開かれると、皆一様にこちらに視線を向けて動きを止めている。

「室長はいるか？　魔封じを頼みたいんだが」

ロワール様の言葉に、ひょろりと背の高い壮年の男性がこちらへ向かってくる。

「はいはい、承りますよ。今のも使い始めて長いし、そろそろメンテナンスしといた方がいいのでは？　おや、ところでそちらのお嬢さんは」

「ああ、妻だ」

研究室がざわりと揺れる。

気がつけば室内の視線は、突き刺さるようにこちらに集まっていた。

「妻のアメリアと申します。よろしくお願――」

「よろしくしないでいい。今日師団長に呼ばれたから連れてきただけですぐ帰るし、もう会うこともない」

「さすがロワール、魔術師の典型って言われるだけあって嫉妬深いねぇ」

室長と呼ばれた男性は口笛を吹いて楽しそうに笑うが、揶揄《からか》われているロワール様はうるせぇと悪態をついている。

アルバス師団長とのやりとりを見たときも思ったが、ロワール様は年上の男性に随分可愛《かわい》がられているようだ。

「お嬢さんは大丈夫なのかい？　ロワールは嫉妬深いし束縛もするだろうし色々しつこいだろう。一緒にいて辛《つら》くないかい？」

ああ、今日同じようなことを何度も聞かれる理由が少しわかった気がする。

彼等はロワール様のことが心配なのだ。

私が受け入れられる器かどうか、試されている。

「私はロワール様の側《そば》にいられることが幸せですから、辛いと思ったことはありません。その、しつこくしてくださるのも愛情表現だと思っていますので嬉しく感じています。私もそれ以上の愛をお返しして、ロワール様を幸せにしたいと思っております」

――ピシッ
甲高い破裂音がして、隣を振り仰ぐ。

そこに立っているのは顔を赤く染めて口元を掌《てのひら》で覆うロワール様で、音の発生源は彼の胸元にある首飾りだった。

胸元に数珠繋ぎになっていた中の一際大きな黒曜石の玉の一つに、大きな亀裂が入っている。

「ロワール様、その亀裂は」

「大丈夫、今気持ちを落ち着けるから。ちょっと、時間、ください」

彼の声と同時に近くでパンッパンッパンッと何かが破裂するような音が響く。

近くにいた魔術師の方は悲鳴を上げ、制作途中の魔封じは避難させろ全部割られるぞ、と慌ただしく動き回り始めた。

彼の胸元にジャラジャラとぶら下がっていたものは魔封じだったのかと今更ながら一人納得する。

「今日割ったやつお前の給料から天引きな。てかこれ以上割られるとお前の魔力に耐えられない奴が出てくるから、マジで落ち着け。浮かれすぎ」

身体《からだ》をくの字に曲げてロワール様はぐうと喉を詰まらせるような声で呻《うめ》く。

心を落ち着けようと深呼吸をしている彼の背中に手を当てて、少しでも助けになればとゆっくりと摩《さす》った。

「あっはは！　奥さん多分それ逆効果だと思うけど。それより魔封じつけてるとはいえ、本当にロワールに触れても平気なんだな」

「えっはい」

室長様が何に驚いているのかわからず、思わずロワール様を見上げてしまう。

「……俺がなんの魔封じもなしに触れられたのは、アメリアが初めてだ」

急に研究室内が騒がしくなり、ロワールと魔封じなしで触れ合えるなんて、副師団長と一緒にいて平気だとは、と囁《ささや》きあう声が漏れ聞こえてくる。

魔術や魔力酔いの話も色々と教えていただいていたが、実際ロワール様が規格外だと聞いてもピンときていなかった。

まさか触れ合うことができないほどの問題だったとは。

それほどロワール様の魔力酔い問題は深刻だったのだと改めて再認識させられたのだった。

魔封じの依頼を済ませ研究室を出ると、彼は足早に来た道を真っ直《す》ぐ引き返しているようだった。

早いペースに脚がもつれそうになる。

「ロワール様、少しゆっくり」

「待てない、早く邸《やしき》に戻ろう。アメリアをこれ以上人前に晒《さら》せないし、全くどいつもこいつも俺の悪口ばかり」

「私は、ロワール様のことが聞けて嬉しかったですわ」

私の言葉に、ぴたりと彼の足が止まる。

見上げてみれば、こちらをじっと見つめる彼がいた。

「アルバス師団長様もお義兄《にい》様方も室長様も、ロワール様のことを心配してくださっていたのが伝わりました。愛されているのですね。私も皆様に負けないように、ロワール様に愛をお伝えしていこうと思います」

微笑みかけると、何かを思い出したのか頬をほんのりと赤らめてぽつりと呟《つぶや》く。

「……室長に言ってくれたあの言葉、すごく嬉しかった」

「ふふ、ご希望でしたらいつでも囁《ささや》いて差し上げますわ」

彼の腕に自分のそれを回して寄りかかった。

彼の不安が少しでも減るのならば、私はいくらでも愛を囁こうと思う。

そのときまだ魔術師塔の中を歩いている最中だったのだが、そんな事実も頭の中から忘れ去っていた。

「綺麗《きれい》だ。やっぱりやめよう結婚式。こんな姿誰にも見せたくない」

純白のウェディングドレスを着た私を見て、ロワール様は開口一番に褒めてくださる。

結婚式をすると決めてから当日まではそれほどかからなかった。

準備するものといえば揃《そろ》いの衣装とロワール様用の魔封じくらいだったからだ。

お互い着替え終えてから式場へと続く扉の前で落ち合ったのだが、先に待っていたロワール様は私の姿を認めるなり、頬を緩めたかと思ったらすぐに渋面を作る。

そんな表情豊かな姿も彼の可愛らしい一面だ。

お母様が刺繍《ししゅう》してくださったベールを上げて、白を基調とした正装に身を包んだロワール様と向き合った。

「ふふ、私も同じ気持ちです。ロワール様はローブ姿でいらっしゃることが多いですから、正装にまた惚れ直してしまいましたわ」

私の言葉にロワール様は嬉しそうに頬を染め、私の方へ手を伸ばす。

その手を取るとグッと引き寄せられ、私の身体はすっぽりと彼の腕の中に収まっていた。

抱きしめられた腕の中から、彼を見上げる。

「私達が今幸せであることを、それぞれの家族の皆に知ってもらいたいです。私と共に会場に向かってくださいますか？」

そのお願いに、彼はうっと言葉を詰まらせたあと、視線を逸《そ》らして私にしか聞こえない声で囁く。

「……アメリアが俺だけを見ていてくれると言うなら」

「もちろんです」

「今だけじゃない。これからもずっと、一生涯ずっとだ」

身体に回された腕に力が込められる。

こうやって彼が何度も確認してくれるのも不安に思う仕草を見せてくれるのも、私を心から愛してくださっているからだ。

その事実が私の心を温めてくれる。

「永遠にロワール様だけの私であることを誓いますわ」

彼の背中に腕を回して抱きしめ返す。

一層強く抱きしめてくれる彼の腕を感じながら、そっと幸福を噛《か》み締める。

式場への扉が開けば、それぞれの家族が待っている。

永遠を誓う場に、ロワール様と共に立てることをただただ幸せに感じた。

番外編三　商会とカイル

カタカタと馬車に揺られながら窓の外を見る。

認識阻害のローブを羽織っているため、外からの視線を気にする必要はない。

実家の侯爵家の馬車を借りているが、なんでも最近は我が家の家紋付きの馬車を走らせるだけで動向を探られることもあるそうなので、お忍び用の馬車を貸してもらっていた。

今日もロワール様を仕事に送り出すと、転移の魔術陣を利用させてもらい侯爵家へ来ている。

移動中、侯爵家へ届けられた私宛《あて》の手紙に目を通していると、大体が縁の薄かった貴族令嬢からの催し物への招待状なので、その辺りは一様にお断りするようにしていた。

たくさんの封書の中からバネッサ夫人のものを見つけ開封する。

バネッサ夫人は王太子妃教育でお世話になっていた講師の一人で、厳しいながらも講義はわかりやすく大変教養豊かな方で、今までも親しく文のやりとりをする仲だった。

内容を見ると現在はリリア様の王太子妃教育に手を焼いているようだ。

あの戦勝祝賀会の責任を取るようにルイス様とリリア様の婚約は結ばれたらしいが、正妃になりたいと望んだにもかかわらず王太子妃教育から逃げ回っているのだという。

彼女の行動に溜《た》め息を漏らしそうになると、コンコンと扉をノックされた。

気がつけば既に目的地に着いていたようなので、頭にすっぽり被《かぶ》っていたフードを脱いで返事をする。

今日の目的は、私名義のままにしている宝飾や装飾品関係の商会への訪問だった。

馬車を降り裏口から訪れると、商会の一員として働いている皆は怪訝《けげん》な表情でこちらを見つめていた。

その視線を受けて、私が認識阻害のローブを羽織っていたことを思い出す。

「アメリアです。皆様、お久しぶりです」

名乗ることで私を認識できた商会員達は、ポカンと口を開けて、ある者は皆を呼んでくると奥に駆け出し、ある者は瞳に涙を溜めて、それぞれに歓迎してくれた。

奥の控室に入って代表に会う。

宝飾品関係を取り扱うこの商会の代表は、マダムと呼ぶに相応《ふさわ》しいやり手のご夫人だ。

「お嬢様がレントワール王家に嫁がれたと聞いたときは心臓が止まるかと思いましたわ。あのポンコツ王太子の浮気話が耳に入ってきただけでも不快でしたのに、お嬢様がこの国のために褒賞になるだなんて」

「マダム、私は望んで褒賞になりましたから」

「まあ、まあまあまあ。その辺のお話じっくりお聞かせ願えます？」

私の言葉に、マダムは瞳を輝かせて食いついてくる。

これは長くなりそうだと腹を括《くく》ろうとした瞬間、派手な音を立てて背後のドアが開かれた。

「おいっアメリア来てるんだろ！」

振り返ると見知った人物がいる。

派手な赤毛にヘーゼルの瞳、仕立ての良い衣服を身につけているのは、先程までどこかで商談に臨んでいたからだろうか。

昔からの大きな声と粗野な言動は相変わらずだった。

「はぁ、お坊っちゃま。部屋を訪れる際は扉をノックするべしと、貴族学院で学ばなかったのですか？」

「マダム、お坊っちゃまはやめてくれ。俺はもう十八歳になってるんだ。それより商談中にアメリアが訪れたと聞いて来たんだが、どこに行ったんだ？」

キョロキョロと辺りを見回す彼にマダムは怪訝な表情を浮かべるが、自分が認識阻害のローブを着ていることを思い出し慌てて声を上げる。

「私はここです。カイル、お久しぶりです」

「は!?　いつからそこに座ってたんだ？　どうやって姿を隠してた」

食い気味にこちらに向かってくる青年の名はカイル。

城下町で一番の勢力を誇る、大手商会の御曹司だ。

大手商会の御曹司という肩書きから、親の権威を笠に着たような印象を持たれがちだが、自らあちこちの国に行商に出向いては次々と販路を広げているやり手である。

寄付金で功績を認められ、男爵位を授かったので彼の代からは貴族学院にも通っていたらしいが、粗野な言動が直ることはなかったようだ。

私が王太子妃教育の延長で商会を立ち上げたときに、彼には相当やり込められた。

当時販路を次々と潰され、貴族の遊びで手を出してくるなと言われたときは腹立たしい相手だと思っていたが、負けるものかと奮起したことで結果的に自分の商会をここまで大きくすることができた。

そういう意味で考えれば、商会の成功の一端は彼にあるかもしれない。

「カイルこそしばらく姿を見ませんでしたがどちらに？」

「隣国だよ、前も話した鉱石の商売相手のところ。結局小競り合いの影響で商談は小さく纏《まと》まっちまったが、量を仕入れてもらえないなら単価を上げないとな」

「あら、そのような状況下でも話を纏めてきただなんてさすがですわね」

「国同士がいがみ合おうが、商人同士ならお互いの利益が最優先だしな。それよりも、さっき突然現れたのはなんだ、レントワールの新しい技術か？」

私が突然姿を現したことに興味を示しているのは、商売になるかという点でだろう。

姿を隠すことができるローブとして販売できれば驚くべき売り上げが出るかもしれないが、認識阻害のローブの効果を発揮するためには魔力が必要になる。

私は魔術痕を通してロワール様の魔力を使わせてもらっているから活用できているが、魔力の供給のないこの国で販売したとしても、ただのデザイン性の低い地味なローブになってしまうだろう。

それに身を隠す術《すべ》としてお借りしている以上、このローブの詳細を話すわけにはいかなかった。

「企業秘密です」

「くっそ、またアメリアに先越された」

カイルは本気で悔しがっている。

下町で商売を始めた頃は、こうやって競い合うことも何度かあったなとふと懐かしく感じた。

「で、元気にしてんの？」

「ええ、素敵な旦那様に愛されて幸せな日々を送っております」

満面の笑みで答えたはずだが、彼は様子を窺《うかが》うようにこちらを観察している。

「こっちじゃ国のために身を捧《ささ》げた献身的な御令嬢って話になってるけどな」

「まあ、そのような美談になっているのですね」

「貴族達の目の前で派手にロマンス劇を繰り広げただろ？　俺も一応末席ながらあの会場にいたからな。御令嬢方には特に喜ばれてたな、その手の話が大好きだから」

「さすがはカイル。貴族の趣向もよくご存じで」

こんな粗野な口調だが、男爵位を持ち大手商会の運営に携わる身である彼は、貴族との交渉の機会も多くある。

その際は相手に気に入られるよう、きっと別人のように振る舞うのだろう。

「だからあんなポンコツ王太子、早々に見限れって言っただろうが」

カイルは相変わらず吐き捨てるようにルイス様のことを口にする。

彼はルイス様とリリア様と同じ時期に貴族学院で学んでいたため、恐らく何度も彼らの浮気現場を目撃していたのだろう。

商会で会うたびにあの王太子はやめておけと忠告されたし、婚約破棄を勧められた回数は数えきれないほどだった。

その当時の私はまだルイス様を信じることを諦めておらず、大丈夫だと返すばかりだったなと思わず自嘲する。

それにしても、先程マダムも同じように呼んでいたが、城下町では『ポンコツ王太子』という呼び名が定着してしまっているのだろうか。

「ルイス様については貴方《あなた》が正しかったわ。何度も忠告してくれたこと、感謝しています」

「早く婚約破棄すれば良かったんだ。そしたらなにも褒賞として他国に嫁ぐ必要もなかった」

「それは何度も言ったでしょう。家同士の婚約は簡単に破棄できないし、ましてや相手は王家なのだからそれ相応の理由が必要だと」

「まあ、結果的に最良の方法で婚約破棄を成したんだから俺が口を挟むことじゃないかもしれないが」

彼は深く溜め息をついて、視線をこちらに戻すと表情を真剣なものに変えた。

「アメリアのことだから知ってるだろうが、王家側はお前の立場が悪くなるような噂《うわさ》を流そうとしてるぞ」

予想はしていた。

戦勝祝賀会から王家の権威の失墜はあまりにも大きい。

少しでもそれを軽減するためには、原因である私に過失があったことにするのが一番手っ取り早かった。

しかし、あのロマンス劇は貴族総出席の戦勝祝賀会で行われてしまった。

貴族自身がその目と耳で事実を知ってしまった以上、あとは平民の印象操作をするしかない。

「貴族達はその場にいたから誤魔化しようがないだろうが、平民ならいくらでも印象操作ができると思ったんだろ」

彼が耳にした王家が流そうとしていた噂とは、私とロワール様が恋仲となり邪魔になった王太子との婚約を破棄するため、二人で画策してレントワールにこの国を売ったというものらしかった。

レントワールに国を売ったというくだり以外は、正直それほど間違ってはいない気もする。

「まあ残念なことに、下町には実際にお前と会ってた奴の方が多い。それに王太子が浮気相手を連れ回してたからな。アイツ王太子じゃなかったら、アメリアを知ってる奴らから石投げられてたぞ」

カイルはくっくと楽しそうに笑い声を上げたあと、やけに良い笑顔をこちらに向けた。

「お前の商会とうちの商会の奴らが、きっちり誤情報を否定してるから安心していい」

この笑顔は彼の大好きな商談のときに見せるものだ。

「……見返りは何をお求めで？」

「さすがアメリア。お前本当に貴族じゃなくて商家に生まれた方が良かったんじゃねぇの」

遠慮なくバシバシと肩を叩《たた》かれると割と痛い。

私の斜め後ろに立っていた彼は、ソファに座っていた私の足元に移動して跪《ひざまず》いた。

「レントワールと商談がしたい。大きめの商会に渡りをつけてもらえるとありがたい」

ここでレントワール王家との交渉を要求しないところが彼らしい。

自分で販路を開くため、同等の立場で長く付き合える、信頼関係を築ける相手を探しているのだ。

「ご期待に添えるかわかりませんが、一度持ち帰らせていただきますわ」

「よろしく頼む」

「交渉成立したあかつきには、是非とも我が商会と侯爵家をよろしくお願いしますね。レントワール国内の商会との商談には、それくらいの価値はあるでしょう？」

我が商会は城下町で二、三番目には大きな商会になっているが、後ろ盾があるに越したことはない。

侯爵家についても今は興味が集中してしまっているが、それを逆手に取られて孤立する可能性も考えておかねばならなかった。

「ちゃっかりしてんな。ほんと貴族にしとくのもったいねぇわ」

わははと大口を開けて笑うと、ふと何かを思い出したように目を瞬《しばた》かせた。

「そういえばあれから王太子に会ったか？」

「いいえ、一度も会っていませんわ」

「この間納品で王城に行ったとき、俺にまでアメリアのことを聞いてきたんだよ。侯爵家に何度も面会を打診してるらしいし、気をつけておくに越したことはないんじゃないか」

ふと手首の魔術痕が熱を持ったことに気付く。

きっとルイス様の話題が聞こえたのだろう。

「ご心配ありがとうございます。旦那様のご意向もあって、ルイス様とは今後も会うことはありませんので問題ないかと」

「は、なんだそれ。旦那が元婚約者に会わせたくないって言ってるのか？　おい、それ大丈夫か」

呆《あき》れたようなカイルの言葉に、苛立《いらだ》つように熱が揺れているのがわかる。

きっと自身の嫉妬を揶揄《からか》われているようで不満に思ったのだろう。

その嫉妬すら愛《いと》しいと思う私は、彼と出会う前以上に愛されることに貪欲になってしまっている。

「ふふ、愛されている証《あかし》ですわ。心配ご無用です」

「はぁ、そうかよ」

ついていけねぇわと肩をすくめるカイルは、また日程が決まったら連絡をくれと去っていく。

私の言葉に安心してくれたのか、その後魔術痕が熱を持つことはなかった。

「嫌だ」

夕食後に、今日の出来事を話しながらレントワール国内の商会を紹介してほしいとお願いしたときのロワール様の返答は一言だった。

「カイルって奴、前に商会でアメリアにプレゼント渡してた赤毛じゃないか？　アイツ商会の人間じゃなかったのか、それなら始末しておけば良かった」

ロワール様は爪を噛《か》んで後悔を口にするが、今言われた言葉に身に覚えがない。

「確かに彼は赤毛ではありますが、プレゼントを頂いた記憶はありませんわ」

「まだ俺たちが出逢《であ》ったばかりの頃、貰《もら》ってただろ？　やたら綺麗《きれい》にラッピングされた、女性に喜ばれそうなお菓子」

そう言われてみれば、ロワール様に会いに下町に通っていたときはカムフラージュに必ず商会に寄っていたし、そのとき商談に来ていたカイルと何度か会ったことがあったかもしれない。

隣国に商談に行ったときのお土産を貰ったこともあれば、城下で流行《はや》っているお菓子を手土産に貰ったこともある気もするが、なんというかお得意様に手土産を渡すのは商売の定石のようなものである。

「何も思っていない相手に、あんな小洒落《こじゃれ》たプレゼントをするか？　文化の違いか？　いや絶対にアイツはアメリアに気がある」

「ロワール様、カイルは」

「アイツの名前を口にしないでくれ」

ロワール様の手が私の口を塞ぐ。

彼の瞳は真剣で、不安に揺れているようだった。

そんな彼の表情に、胸が苦しくなると同時に仄暗《ほのぐら》い幸福感に満たされる。

ロワール様が私の愛を求めて不安になってくださることが、こんなにも嬉《うれ》しい。

込み上げる幸福感に頬を緩めると、彼は訝《いぶか》しげに唇を尖《とが》らせた。

「……何がおかしい」

「いえ、久しぶりに嫉妬していただけると、こんなにくすぐったいものなのですね」

「なっ」

私の言葉に顔を真っ赤に染めて口をパクパクと動かすが、声は出ないようだった。

そんな姿が愛おしくて、ついその胸に頭を寄せた。

いつもより速い彼の鼓動が私の気持ちを高揚させてくれる。

「……アメリアは酷《ひど》い。俺に嫉妬させようとわざと他の男と関わってきたのか」

彼の手が私の頭を撫《な》で、髪を一房掬《すく》い上げると狂おしげに口付ける。

「そんなことはありませんわ、ただ」

私の髪を掬い上げていた彼の手に触れ、その甲に口付けを落とした。

「ロワール様に嫉妬してもらえることがこんなにも幸せだと感じてしまう私は、酷い女なのだと思います」

どちらからともなく唇を重ねた。

お互いの唇を啄《つば》み触れたり離れたりを繰り返したあと、口内に侵入してきた熱い舌を受け入れる。

彼の手に下顎を捉えられ上を向かされると、その舌は口内を貪り尽くすように絡みついてくる。

それに応えるように舌を出せば、柔らかな感触に搦《から》め捕られ甘噛みされ、彼との深い口付けに慣らされた私は、立ち上がることもできないほど身体《からだ》に力が入らなくなっていた。

彼の腕に支えられるまま弛緩《しかん》した身体でひたすらに深められる彼の愛撫《あいぶ》を受け入れ、どちらともつかない唾液を嚥下《えんげ》する。

唇を離した彼の瞳に映った惚《ほう》けた自分の顔を目にして、急に恥ずかしくなり顔に熱が集まった。

「……商会の件、話をつけてもいい。同僚に親が商売をやってる奴がいたはずだから」

「本当ですか？　嬉しいです」

「ただし、一つ条件がある」

「……それで、その条件が今後俺と二人きりで会わないことってわけ？」

初のレントワールでの商談ということでキッチリと服装も整えてきたカイルを、ロワール様の邸《やしき》で迎える。

いつもの魔封じを首から下げたロワール様は、お互いに簡単に挨拶を終えたあと、私の斜め後ろにピタリと身体を寄せていた。

「ええ、破格の条件でしょう？　それだけでレントワールでも有数の商会と商談させてもらえるのです。おかげで私も少しお話しさせてもらえそうですし」

「は⁉　おいっ抜け駆けやめろよ」

今日はロワール様の邸の応接室にポルコ商会の会長夫妻をお招きしており、カイルが来る前に少し話をさせていただけば、夫妻は我が国との商売についても興味津々だった。

カイルとの約束が終われば、後々我が商会との商売についても話してみたいと思う。

「それにしても、この季節にその服装はどうよ」

胡乱《うろん》げな彼の視線を受けたのは、まだ汗ばむ季節だというのに詰襟に長袖の私のことだろう。

そうは言われても、昨日ロワール様に望まれて全身についた情事の痕を見せつけるわけにもいかない。

「……大人の事情ですわ」

「へーへー、仲のよろしいことで」

軽く咳払《せきばら》いをしながら返答をすると、ロワール様がそっと私の腰に手を添えた。

「アメリア、そろそろ」

私の耳元で囁《ささや》くように伝える。

その声にポルコ夫妻を待たせていることを思い出し、カイルを邸内に招き入れた。

応接室に向かう途中、カイルはキョロキョロと落ち着かない様子で邸の中を見回している。

「それで我が国の英雄殿は、アメリアのどこを好きになったんです？」

「全て」

「一目惚《ひとめぼ》れってやつですか？　さすが『初恋泥棒』だな」

「カイル、ロワール様の前で変なことを言うのはやめてください」

一時期カイルに揶揄われていた話題を振られ顔を顰《しか》めるが、ロワール様は興味を持ったようで初めてカイルの方に視線をやった。

「……『初恋泥棒』とは」

「名前の通りですよ。アメリアは下町じゃ初恋泥棒って有名だったんです。貴族ってわかりそうな美人なのにちっとも偉ぶらなくて、身分関係なく平気で手を差し伸べてくるんですよ。舞い上がった男達が、王太子の婚約者だと知って落胆する姿も笑えました」

そうかと呟《つぶや》くと、腰に添えられていた腕に力が込められグッと引き寄せられる。

密着するような体勢になり、よろけた拍子に顔を見上げるとロワール様はじっとこちらを見つめていた。

何か言いたいことがあるのだろうが、きっとカイルの前では口にしたくないのだろう。

「妻のことは『奥方』と呼んでくれ。アメリアの名前を呼んでいいのは俺だけだから」

「はは、旦那さんは狭量だね。こりゃ『奥方』様も苦労されますね」

カイルの『奥方様』という呼び方には、明らかに揶揄いが含まれている。

商談を取り持ってくれたロワール様に反抗するつもりはないのだろうが、次に商会でばったり会ったときに酷く揶揄われるだろうなとげんなりする。

応接室に着きノックをすると、ポルコ夫妻から返事があった。

ドアを開けようとして、ロワール様に肩を掴《つか》まれる。

「アメリア、少し部屋で休んでて」

「え」

アメリアが返事をするより先に、ロワールによって転移させられ、その場から姿を消した。

応接室の前に残されたのはロワールとカイルの二人だけになる。

「……それで、アンタもそうだったのか？　『初恋泥棒』」

ロワールの低い声は不穏な響きを含んでいるが、カイルに気にした様子はない。

「だったら？」

「俺からアメリアを奪おうとする奴には、死よりも辛《つら》い苦しみを与えてやる」

「はは、おっかないですね」

その声音から口にした言葉が本気であることは明白であるが、カイルの表情はピクリとも変化しなかった。

「俺が想像していた以上に、英雄殿は『奥方』様にご執心のようで安心しました。せいぜいポンコツ王太子のように、彼女を裏切らないでくださいね」

「俺にはアメリアしかいない。彼女を裏切るようなことは決してしない」

ははは、と笑いながらカイルは応接室の中に消えていく。

その姿をじっと見つめていたロワールの姿があった。


その後、カイルとポルコ商会との商談が無事纏まったと知ったのは数時間後。

部屋に転移させられた理由を尋ねてみたが、カイルと直接話したかったからだという。

なんだか腑《ふ》に落ちない点はあったが、カイルとの約束も果たせて、ロワール様の疑念も解決したようなのでホッと胸を撫で下ろしたのだった。

後日談　レントワールへの訪問者

レントワール国、王城の謁見の間。

よく声の響く高い天井と、太陽光が注ぎ込む大きなガラス窓のあるその空間に、珍しい組み合わせの二人が対峙《たいじ》していた。

呼び出されたロワールは、仕事着である宮廷魔術師団のローブに魔封じを首から下げた姿で、相手を睨《にら》みつけるようにして見上げている。

「こうやって正式に呼び出したということは、拒否権はないってことだな？」

ロワールを呼び出した張本人は、自分を睨みつける鋭い視線を意に介さず、飄々《ひょうひょう》とした様子で金緑の瞳を細めて微笑《ほほえ》んでいた。

「いつものように宮廷魔術師団を通して依頼しても、アルバスが気を回して全て断ってくるだろう？　それなら可愛《かわい》い弟に直接伝えないといけないと思ったまでだよ」

「その可愛い弟に、わざわざ公式訪問させて脅してくる兄もどうかと思うけどな」

悪態をつくロワールとは対照的に、兄と呼ばれたその相手は、きっちりと整えられた濃紺の髪を揺らしながら楽しげに笑っていた。

「奥さんの国の件、協力してあげただろう？　その借りを返すと思って今回は条件を呑《の》んでくれるかな」

以前侵略できる国を友好国にするために協力を仰いだ、その見返りに今回の要求を呑ませるつもりらしい。

ロワールは兄の性格は知っていたから、今まで極力個人的なお願いはしてこなかったが、アメリアの件は急を要したし、何よりこの兄の協力が不可欠な状況だった。

「……どうせ断らせるつもりはないんだろ、王太子殿下」

「まあ、そうだね」

溜《た》め息混じりに渋々了承した末の弟の姿を見て、王太子である長兄は目を細めて微笑みを返すのだった。


ロワール様の様子がおかしい。

いつものように夕食後、二人で談話室へ移動して食後のお茶を待っていたのだが、今日は一段と口数が少ない。

数日前から何かと黙り込むことが多く、ふとしたときにこちらを見つめては何かを話しかけようとして、口を開いては閉じてしまうことを繰り返していた。

何か言い出しにくいことがあるのだろう。

扉がノックされ、用意された二人分の食後の紅茶を受け取って部屋に戻ると、ソファの上で考え込んでいるロワール様の隣に腰を下ろした。

「ロワール様、先日はレントワール国の商会をご紹介いただきありがとうございました。無事お取引きいただくことができそうです」

私の言葉をすぐに呑み込めなかったのか、ロワール様は噛《か》み砕くように口の中で復唱して、やっと思い当たったかのように、ああと呟《つぶや》いた。

以前からレントワール国内の商会を紹介してもらえるようお願いしていたが、先日ようやく商談の機会を頂くことができ、無事に今後の取引の目処《めど》がたった。

「もう話がついたのか。ポルコ商会の会長夫婦は柔和な見た目のわりに抜け目がないと評判だから、アメリアの商才が彼らのお眼鏡にかなったんだろ。まあ、こっちで無理に商会経営までしなくてもいいんじゃないかとは思うけど」

「私が好きなことをさせていただいているだけですから、お気になさらないでください。祖国の我が商会の雇用も守ることができますし、ロワール様には本当に助けていただいております」

そっとロワール様の手に、自分のそれを重ねる。

ロワール様はこちらに視線を向けると何かを言いかけて、やはり躊躇《ちゅうちょ》して口を閉じると、気まずげに俯《うつむ》いてしまった。

「ロワール様、私に何かおっしゃりたいことがあるのではありませんか？」

私の言葉に、わかりやすくロワール様の肩が跳ねた。

動揺が滲《にじ》み出てしまったことで、隠しきれるものではないと観念したのだろう。

小さく溜め息を漏らすと、渋々といった様子でこちらに向き直った。

「……実は王太子になってる長兄から、来月の王宮行事への参加を打診されてる」

「まあ、それでは新しい衣装を仕立てられますか？　ロワール様はあまり式典衣装をお持ちでないですから、この機会に一着増やすのもよいかと思います」

人の集まる場が苦手なロワール様にとっては苦痛を感じる提案だったのだろうが、悩みの種が些細《ささい》なことで小さく安堵《あんど》する。

ロワール様は今まで公式の式典への出席は可能な限り断っていたそうで、式典用の衣装も二着しか持っていない。

せっかく端正なお顔立ちに均整の取れたお身体《からだ》をされているのだから、着飾らなくてはもったいないと思うし、素敵に着飾ったロワール様を見てみたいという気持ちもあった。

「それが、日中の式典は適当に俺が出ればいいけど、夜会にはどうしてもパートナーが必要になるらしくて」

「まあ、私も参加させていただけるのですか？」

予想外の話に、瞬《まばた》きを繰り返してしまうが、夜会に参加する程度であれば私自身はなんの問題もない。

私の反応を見ながら、だんだんとロワール様の口調が歯切れの悪いものになる。

「その、今回の王宮行事っていうのが、近年同盟国となった他国の代表が集う親睦会のようなもので……」

そこまで聞いてなるほど、と合点がいった。

「アメリアの国も参加を表明していて、恐らくあの元婚約者が出てくると思う」

以前、ロワール様が私とルイス様を会わせたくないと言っていたことがある。

私自身、彼に未練などないので受け入れていたのだが、公式の式典となると顔を合わせないということは難しいだろう。

「ロワール様が気に病まれるのであれば、私の参加は見合わせますわ。でも、そうされると夜会のパートナーはどうなさいますか？」

私が参加しないという選択をすることは問題ないが、重要なのはロワール様のパートナーだ。

私以外の女性をロワール様がエスコートすると想像すると、胸の辺りが騒《ざわ》ついてしまうが、そもそもロワール様は魔力量の問題で、私以外が触れることも難しいと聞いたことがある。

不思議そうに見上げると、ロワール様は眉間に皺《しわ》を寄せて盛大な溜め息をついた。

「俺に触れられるのはアメリアしかいないし、パートナーは他に考えられない。けど、当日は王城の魔術障壁が強化されて、魔術の使用を制限されるから魔術痕を介した意思疎通はできないし、式典なんかが開かれる日は転移陣も使えないようにするから自由に移動もできない。あの元婚約者の目にアメリアの姿が映るだけでも不快なのに、万が一アイツが接触しようとしてきた場合にすぐに反応できない可能性だってある。それに心配ごとは元婚約者のことだけじゃないし、もしアメリアに何かあったときにすぐに対処できないのが気がかりなんだ」

つまり、ロワール様は私のことが心配で夜会に連れて行けないということなのだろう。

しかし魔術大国であるレントワールの王城で開かれる公式行事で、身の危険を感じるようなことが起こるとは想像できない。

ロワール様の心配ごとは、身の危険というよりは来賓である他国の賓客や他の貴族とのやりとりについてのもののように思えた。

私のことを大切にしてくださるあまり、些細なことまで心配してくれている過保護なロワール様に、つい頬が緩んでしまう。

「ふふ、私が何もできない小娘だとお思いですか？　これでも元侯爵令嬢、酔った殿方のあしらい方や無礼な貴族への対処法など、貴族の基礎は叩《たた》き込まれておりますわ」

私の言動に夜会に前向きな姿勢を感じたからか、慌てたように視線を彷徨《さまよ》わせる。

「いや、でも転移魔術も禁止されるから、移動も馬車になってしまうし――」

「久々の馬車移動も楽しみです」

にっこりと微笑んでみせると、ロワール様は呻《うめ》きながらも盛大な溜め息をついて、観念したように項垂《うなだ》れて了承してくれた。

きっと少しでも私が不安を見せたら、マナー違反とわかっていながらも一人で夜会に出席するつもりだったのだろう。

ロワール様のためにも、そんな思いをさせるわけにはいかない。

「揃《そろ》いの衣装を仕立てましょう。ロワール様と参加できる式典が今から楽しみですわ」

思えば社交として外に出るのは、私がロワール様に望んでいただいた祖国の戦勝祝賀会以来だ。

あのときはお互いの色を身につけたものの、揃いの衣装を着用することはできなかった。

今回初めて、夫婦としてお互いの色を纏《まと》った衣装に身を包むことができることに気付き、思わず顔が緩んでしまう。

早速明日には衣装のデザインについて話し合いましょうと準備をし始めた隣で、ロワール様が不安げな表情をしていたことを、このときの私はあまり深く受け止めていなかった。

＊＊＊

馬車に揺られながら夜会に向かう道のりで、目的地である王城が近づくにつれてロワール様の口数が減っていくように感じていた。

「ロワール様、本日のご衣装とてもお似合いですわ」

新しく新調した衣装は、白銀色の生地に濃紺と薄紫色の装飾を施したもので、それぞれの装飾品に金緑のものを使用している。

日中の式典を終えて一旦邸《やしき》に帰宅したロワール様は、多少疲れを見せていたものの、ここまで沈んだ様子ではなかった。

出発前に真新しい衣装を着てロワール様の前に出たときは、嬉《うれ》しそうに顔を綻ばせて何度も抱きしめてくれたのに、馬車が王城に近づくにつれ、何か思い詰めるようにどんどん表情を曇らせていく。

返答がないことを怪訝《けげん》に思っていると、そっと手を重ねられた。

「……アメリア、その」

「どうかされましたか？」

「俺はアメリアのことが大切で、どんなことからも守りたいと思ってる」

あまりに深刻な声音に、思わず首を傾《かし》げる。

これから行くのは王城で、王宮行事の夜会に参加するだけのはずだ。

まるで死地へ向かうような思い詰め方に、何がロワール様をそこまで追い詰めているのだろうと不思議に思う。

「もし、アメリアが辛《つら》いと感じることがあったら言ってほしい。魔術規約に違反をしてでも、俺はアメリアを守るから」

ロワール様のあまりに真剣な様子を疑問に感じながらも、これもきっと過保護な彼が必要以上に私のことを心配してくれているからだろうと考え、そのまま御礼を伝えて微笑みを返した。

会場に着くと、私達は他の参加者とは別の部屋に通された。

ロワール様によって引き起こされる魔力酔いを防ぐ意味もあるが、今まで公式行事を断り続けていたため実現していなかった褒賞の授与が今回の夜会で行われるらしく、私達の入場はその式典の開始と同時に案内されるとのことだった。

盛大な夜会には国内のほとんどの貴族が集められているらしく、それを聞いて、パートナーを名乗り出て良かったと心から安堵する。

大勢の貴族が集う式典で、褒賞を授与される人物がパートナーを伴っていないとなれば、悪目立ちしてしまい何を言われるかわかったものではない。

開会の合図があったあと、すぐに扉の前に待機するよう声がかけられた。

「第六王子、宮廷魔術師団副師団長ロイド・レントワール様、ご入場！」

衛兵の読み上げに扉が開くと、会場は静まり返り、レントワール国の貴族であろう人々は道を開けるように左右に分かれた。

奥にはロワール様の御両親である国王陛下と王妃殿下、長兄の王太子殿下と王太子妃殿下、そして未婚の王子である三兄四兄と五兄の姿が見える。

もっとも、一卵性の双子である三兄四兄の区別は未《いま》だついていない。

目だけでそっと会場の様子を確認すると、夜会にしては緊張感のある空気が漂っていた。

不思議に思い、気取られないよう耳を澄ませると周囲の密《ひそ》かな騒めきが聞こえてくる。

「第六王子が結婚したのは本当だったのか」

「まさかあの魔力量で相手が見つかるとは……噂《うわさ》では他国から無理矢理拐《かどわ》かしてきたとも聞いたが」

「あり得るな。なんたって生まれながらの『バケモノ王子』だ」

さざめくような嘲笑と共に、周囲の声が耳に入ったのか、私をエスコートしようとしていたロワール様の腕が強張《こわば》る。

そんな様子を見て、ロワール様はこれを心配していたのかと理解してしまった。

今まで、余りある魔力が周りを遠ざけてしまっていたのだろう。

幼い頃から宮廷魔術師団に身を寄せていたことから、貴族の作法にも疎いとご本人もおっしゃっていたし、貴族社会から距離をとっていたからこその、この状況のようだ。

そして、今回あれほどまでに参加を悩まれていたのは、この悪意ある視線の中に私を巻き込むことを心苦しく思ってくれていたのだろう。

そう気付くと、強張ったその腕からは彼の優しさが伝わってくるようで、思わずそっと添える手に力を込めた。

私の行動に気付いたロワール様は、様子を窺《うかが》うようにこちらに視線を向ける。

「ふふっ」

「……何かおかしいか？」

「いいえ、この感じ懐かしいなと思いまして」

少し不安そうにも感じる彼の表情に、私は淑女の笑みで応える。

「商会を持って初めて商人達の会合に顔を出したとき、皆このような目で私のことを見つめておりましたから」

ロワール様は困惑混じりの表情を浮かべている。

「人は得体の知れない者、自分達と違った性質を持っている者を恐れますわ。自分を超える存在を認めたくなくて、受け入れたくなくて、本能的に拒否するのです。当時私には意外にも商才があったようで、まるで『バケモノ』に遭ったかのように怯《おび》えられることもありましたわ」

先程ロワール様のことを『バケモノ王子』と呼んだ男性の方へ、ちらと視線を送ってみれば、びくりと肩を震わせて反応される。

図星だったのだろうが、この程度の揺さぶりで動揺してしまうとはレントワールでも下級貴族なのだろう。

私達の会話が周囲に聞こえていることを確認し、私はロワール様の方へ笑顔を向けた。

「ロワール様、甚だ不本意ではありますが、今このときに、あの厳しい王太子妃教育を受けていたことに少しだけ感謝しております」

ロワール様は眉根を寄せて、訝《いぶか》しげにこちらを見つめている。

ああ、私の口から王太子妃教育という言葉が出てきたことで何か不安を感じさせてしまったのだろうか。

俯いてしまいそうな様子に、安心してほしいと伝わるように柔らかな声音でそっと「大丈夫です」と語りかける。

ロワール様は、貴族的なやりとりや作法が苦手だと以前おっしゃっていた。

それならば、私が力になって差し上げられる。

「以前申し上げました通り、私は貴方《あなた》と共に歩み、貴方を支えたいと思っております」

エスコートのために触れていたロワール様の腕に、寄り添うように身体を密着させた。

「ロワール様、以前の戦勝祝賀会のことを覚えていらっしゃいますか？」

「……アメリアの国での？」

「あのとき私はロワール様に望んでいただけたことを、心から感謝しております。そして、今この場でロワール様の隣に立っていられることを誇りに思いますわ。どうか私にもロワール様の悩みや苦しみを分け与えていただけませんか？」

私の言葉に、ロワール様は目を瞬《しばたた》かせる。

「きっと私のためにもと参加を悩まれていたのでしょう。私は、貴方を幸せにしたいと申し上げましたよね？　ロワール様は私の大切なお方であり、唯一の人です。どんな悪意からも貴方をお守りしたいと思っています」

「……そういう台詞《せりふ》は、俺が言うべきじゃないか？」

「まあ、私達は夫婦ですよ？　助け合って参りませんか。不安なときは隣をご覧ください、いつでも私が側《そば》におりますわ」

「本当に……アメリアには敵《かな》わない」

困ったように笑うロワール様を見れば、じんわりと心に温かいものが広がる。

今までこの悪意に満ちた視線の中で、一人孤独を感じながら立っていたのだろう。

私の様子に安堵したのか、ロワール様は空いているほうの手で私の手を取ると、そっと口付けを落とす。

私達は愛し合っており、私自らが望んでロワール様の側にいるのだと、この場にいる貴族達に周知できれば、結婚に関する謂《いわ》れもない噂は抑えることができるだろう。

ロワール様に語りかけるようにしながらも、聞き耳を立てる者にはしっかりと聞き取れるようにと言葉にした。

「ロワール様は私の大切な方であり唯一の人です。何者にも傷つけさせませんわ」


ロワール様にエスコートされて、王家の皆様の前へと歩み出る。

私達が目指していた場所には、既に先客がいた。

普段無造作に流している亜麻色の髪を整え、式典衣装に宮廷魔術師団のローブを重ねたアルバス様が、嬉しそうにこちらに微笑みかけている。

入場時の会話について、奥におられた王家の皆様にまでは聞こえていなかっただろうが、何が起こったか察するところはあったのだろう。

皆様——特に王妃殿下は、嬉しそうに目を細めてこちらを見つめてくださっていた。

「宮廷魔術師団師団長アルバート・ルクス、副師団長ロイド・レントワール。二人による魔術装置の発明により、魔力の蓄積が可能となり我等の生活が一層豊かになったことは記憶に新しい。その功績を讃《たた》え、それぞれに勲章を与える」

国王陛下のお言葉に、二人に倣って一歩下がった位置で礼をとった。

陛下のお言葉を受けて、国の重役であろう二人がそれぞれの胸元に勲章を授けていく。

授与が終わると、アルバス様は国王陛下に一礼してパートナーと共に下がっていった。

それに倣ってロワール様と共に礼をとろうとすると、国王陛下の手に制された。

「また、ロイド・レントワールについては、この度の婚姻により王族から臣籍に降下とする。臣籍降下にあたり、公爵位を授け王家直轄の領地からマーシャル領を授ける」

陛下のお言葉に、突然会場中がどよめいた。

婚姻による臣籍降下や、爵位と領地の授与については王族にはよくあること。

ここで問題になるのは、与えられる領地が『マーシャル領』であるということだ。

ロワール様がお仕事で不在の時間に、レントワール国の歴史や地理について学んでいたからこそ、このどよめきの理由が理解できた。

「お待ちください！　マーシャル領は、代々王家に受け継がれてきた領地です」

「保有資源も多いマーシャル領を与えるのは、諍《いさか》いのもとでは」

案の定、貴族達からの不満の声が飛ぶ。

その昔、マーシャル侯爵家が治めていたその領地は、肥沃で質の高い鉱物がよく採れることで有名で、誰もが欲するような魅力的な場所だった。

しかし、その肥沃な領地を奪おうとした者によって侯爵家一族が襲撃され非業の死を遂げてからは、長い間王家の直轄領となっている。

「意見がある者もいるようだが、今声を上げた者達はマーシャル領の管理に、膨大な魔力が必要になることを理解して口を開いているのか」

口を開いたのは、ロワール様の長兄である王太子殿下だった。

「マーシャル領は以前から資源豊富で鉱石や燃料が産出される土地であり、同時に滞留魔力による澱《よど》みも多く魔術による管理が必要とされる場所だ。広大な土地を管理する結界魔術を使用するため、通常ダース単位の優秀な魔術師が必要になる。並の貴族ではそれほどの魔術師を雇う費用を賄うことは難しいことから、長年王家の直轄地となっていた。そこまでの魔術師を長期的に雇うのは筆頭公爵家でも難しいと思うが、違うか？」

滞留魔力とは、レントワールでは一般的に使われる魔術用語であり、人から溢《あふ》れ出た魔力が集まって空気中に漂ってしまうものだ。

怨恨や怒りといった負の感情が滞留魔力となりやすいことから、不用意に接してしまうことで、体調を崩すなど心身に不調をきたすことがあるという。

王太子殿下の問いかけに、不満を漏らしていた貴族達はぐっと押し黙る。

「異論のある者はこの場で発言するといい。これまでかの領地は、豊富な資源を保有するため争いの種となってきたが、同時に維持管理に大量の魔力を必要とする土地でもあった。第六王子の功績を評価した上で、その特性を活かせる最良の選択だと考えている」

王太子殿下は周囲の貴族に語りかけるように声を上げる。

「まず必要となる魔力の件は、一部貴族が『バケモノ王子』と呼ぶ我が弟の膨大な魔力があれば解決できるだろう」

入場時に『バケモノ王子』と口にした貴族の男性が、再び肩を震わせる。

後悔するくらいなら口に出さなければいいのにと思うが、彼も周囲が言っていたからと軽い気持ちで口にしたのだろう。

「そして豊富な資源の管理活用については、鉱石加工に優れた国の出身で、保有していた商会で鉱石を取り扱っていたこともあるという奥方が適任だろう。既にこの場でその胆力に気圧された者もいるようだが」

王太子殿下は込み上げる笑いを堪《こら》えるように、クッと声を漏らす。

私の話題になると、会場内がザワザワと揺れ始めた。

婚姻によって王家の後ろ盾を得ようとも、他国から来たばかりの現在の私は、この国においてなんの実績もない。

そんな私を簡単に認められないということは、同じ貴族としても理解できた。

騒つく会場内で、貴族達が語り合う声も漏れ聞こえてくる。

「王太子殿下は認めておられるようだが、身内の贔屓目《ひいきめ》ということもあるのでは」

「だが、その方が都合がいいかもしれんぞ」

「所詮小娘だろう、いくらでもつけ込みようはある」

どこの国であろうと実績のない者は侮られる。

それが私のような年若い女性であれば尚更《なおさら》だ。

至極当然の周囲の反応に耳を傾けていれば、ふと隣に立つロワール様の気配が強張った気がした。

――パキッ！

高い破裂音が響き渡り、会場が凍りついたかのように辺りはシンとは静まり返る。

「おい、俺の妻を侮辱する声が聞こえた気がするが」

ロワール様の低い怒声が、静かな会場に響き渡った。

会場を静まり返らせた音の正体は、ロワール様が胸に下げていた大粒の魔封じのようで、その一つにヒビが入っている。

その事実を目にした貴族達は驚いた様子で、一部からは小さな悲鳴が上がった。

まさかあの量の魔封じで抑えきれないほどの魔力量とは、最高品質の魔封じが割れるなど聞いたこともない、と囁《ささや》き合う声が聞こえてくる。

以前魔術師塔でちょうど同じくらいの魔封じがヒビ割れてしまったところを見たことがあったため、

そんなに珍しいことだったのかと今更ながら驚いてしまう。

しかしそんな小さな驚きよりも、自分に向かう害悪には無頓着なくせに、人のこととなると些細なことにも感情を揺らしてしまうロワール様の優しさがくすぐったくて、つい口元が緩んでしまいそうになった。

そっと手を伸ばして、ロワール様の腕に触れる。

「ロワール様、私は大丈夫です」

「しかし——」

「今この国で実績のない私は、ただの小娘と言われても仕方ありません。先日レントワール国内の商会に渡りをつけたばかりですもの。お相手の商会は、確か『ポルコ商会』でしたかしら？」

私の言葉に、周囲は困惑しているようだった。

ポルコ商会はこの国で一二を争う大手の商会であり、流行の先端をいく商品を取り扱っていると貴族達にも重宝されている。

大国の中でも長年続いている老舗で、経営者もやり手であると評判だからこそ、敢《あ》えて商会名を出した。

「今後はレントワール国産の鉱石の加工販売も見込めそうですし、祖国産の宝飾類の流通も考えておりますので、どうぞご贔屓にお願いいたしますわ」

それは半分ハッタリでもあったが、十分な効き目があったようだ。

先程私を侮るような姿勢を見せていた貴族達は、今度は注意深くこちらを観察しながら出方を窺っているように見える。

「はは、さすがロワールを受け入れられた女性だけあって、十分な度量と大きな器を持っている。そうは思わないか？」

「ええ、素晴らしいお方ですわね。本日私が身につけている宝飾品も、アメリア様が見繕ってくださいましたもの」

義理姉である王太子妃殿下の一言で、更に会場は騒がしくなった。

王太子妃殿下の艶《あで》やかな魅力に合わせて装飾を凝らして作ったものだが、王家の金緑の瞳を意識したその色合いも華やかで贔屓目なしでも美しい仕上がりだった。

王家との深い繋《つな》がりと確かな品質を目の前にして、聡《さと》い貴族から見る目が変わっていくのがわかる。

これを見越して話を振ってくださったに違いない王太子殿下には感謝するばかりだ。

反論する余地もなくなった貴族達を見て、国王陛下が静かに声を上げた。

「我が国で厳格な一夫一妻制を敷いたのは、優秀な子孫を残すためだ。優秀であることは即ち、潤沢な魔力量を持ち魔力操作に長《た》けた者のことを指す」

私は視線だけでロワール様を見上げた。

「しかし、国民全体の魔力量が上がったことで、いつからか魔力を持つ者同士で魔力酔いが頻発するようになり、優秀な魔術師が疎まれるようになってしまった。矛盾してしまった我が国の価値観を是正するためにも、今ここに国を開き、我が国随一の魔力量を誇る魔術師ロイド・レントワールに正当な評価と褒賞を授ける」

高らかに宣言され、貴族は拍手でそれを受け入れる。

こうして、正式に国王陛下からロワール様へ爵位と領地の授与がなされた。

共に礼をとり、王家の皆様の前を辞すと、会場内の人が少ない場所へ移動する。

私達が戻ったことを確認して、陛下が会場に向けて開幕の挨拶を始めたのだった。

形式的な式典が終わり、ダンスが始まるまでは歓談の時間となる。

注目を集めすぎてしまったのか、魔力酔いを恐れる様子もなくひっきりなしにレントワール国の貴族に声をかけられ、ロワール様は少し戸惑っている様子だった。

一通りの挨拶が終わり、会場の人気の少ない場所に陣取ると、飲み物を貰《もら》う。

たくさんの貴族に話しかけられることは、ロワール様にとっては初めてのことだったそうで、戸惑っている姿は微笑ましかった。

恐らく臣籍降下したあとのことを心配した御両親と兄弟の皆様が、こうなることを計算の上で、場を設けてくださったのだろう。

「ロワール様はご家族に愛されているのですね」

「……」

揶揄《からか》われているとでも思ったのか、ロワール様は眉根を寄せながら黙り込んでしまった。

しかし困った顔をしながらも嬉しさを隠しきれていないのだから、そんな彼のことを愛《いと》しく思うなという方が難しい。

「以前おっしゃっていたでしょう？　愛し合った夫婦からは優秀な子供が生まれると。優秀な子供、即ち魔力の高い子供なのですから、ロワール様はご両親の深い愛のもとにお生まれになったのですわ」

今度こそ頬を赤くしてしまったロワール様を見て、思わず笑いを漏らしてしまう。

そんな私を見て言葉にならない様子で口を開け閉めしたあと、俯いた彼はそっと私の手を取った。

「……アメリアのおかげだ。俺は今まで家族と関わることも少なくて、自分をそういったこととは縁遠い人間だと思っていたから」

その言葉と共に、手の甲へと口付けを落とされる。

熱の籠《こも》った視線で見つめられ、耳元で早く君を連れ帰りたいと囁かれると、込み上げてきた熱で全身が火照っていくのがわかった。

「ロ、ロワール様」

思わず名前を呼べば、悪戯《いたずら》っぽく笑うロワール様を見て揶揄われたことに気付く。

赤く染まってしまっているだろう顔を見られたくなくて、拗《す》ねるようにそっぽを向けば、悪かったと優しく頬をなぞられてしまった。

今まで人と触れ合ったことがなかったというロワール様なのに、なぜこれほど手馴《てな》れたような行動ができるのか疑問しかないが、その一挙一動についつい翻弄されてしまう。

私ばかり動揺させられるのは癪《しゃく》だと、頬に触れるロワール様の手に自分の指を絡めてみたが、私の仕返しなど全く効いてないようで、絡めた指ごと彼の口元に引き寄せられ、楽しげに再び口付けを落とされてしまった。

「アメリア様！」

どこかで聞いたような甲高い声に、現実に引き戻される。

声の元を振り返ると、数ヶ月ぶりに見る元婚約者――ルイス様と、なぜか瞳を潤ませている様子のリリア様の姿があった。

「アメリア様お会いしたかったです！　ルイス様に同行をお願いした甲斐《かい》がありました」

二人の姿を認めたロワール様は、途端に表情筋が死んだような真顔になり、二人から隠すように私を引き寄せた。

ロワール様のそんな様子は視界に入っていないのか、リリア様はただひたすら私を見つめてはしゃいでいる。

リリア様と私は今まで接点もなく、言葉を交わしたのも例の戦勝祝賀会が初めてだった。

なぜ彼女が私に会いたかったのか、なぜこんなに喜ばれているのか、全く心当たりがない。

「アメリア様がいなくなってしまって私とっても大変なんです。一日中王太子妃教育ばかりで、ルイス様と会える時間も少なくなってしまって」

「リリア、ここは他国なのだからこちらから話しかけては――」

「アメリア様は我が国出身の方なのですから、問題はないはずですわ！」

ルイス様の至極真っ当な指摘も、驚くべき持論で受けつけない姿勢のようだ。

仮にも子爵家で生まれ育った令嬢の非常識ぶりに言葉を失っていると、それを是と受け止めたのか、ますますリリア様は笑みを深めて、恍惚《こうこつ》とした眼差《まなざ》しをこちらに向けてくる。

「あの日から一度も会えないなんて思いもしませんでした。私ずっとアメリア様と話したくって。先程もすごくかっこよかったです」

「……失礼、アメリアは既に我が妻で、レントワール国の人間です」

警戒心からか硬い声で発言したロワール様を見て、先程まで満面の笑みを浮かべていたリリア様は、突然眉間に皺を寄せ、まるで怒ってますと主張するかのように、頬を膨らませて唇を尖《とが》らせた。

「魔術師様はあのときアメリア様を幸せにするとおっしゃられましたが、こんな仕打ちはあんまりです。アメリア様が可哀想《かわいそう》ではありませんか！　知らない国に嫁いで、全然帰ってこられないだなんて。アメリア様の幸せをお考えなら、祖国への里帰りくらい心安く受け入れることも必要ではありませんか!?」

「リリア様」

彼女が言い終える前に、その言葉を遮る。

苛立《いらだ》ちから引き攣《つ》りそうになる口元を押さえ込み、長年の王太子妃教育によって染みついた社交用の微笑みを貼りつけた。

「レントワール国へ来てからの生活に、私はなんの不満もありません。ロワール様も、私のことを慈しんでくれております」

私の返答が彼女の望んでいたものとは違ったらしく、リリア様は眉根をひそめながらも、取り繕うように強張った笑みを浮かべる。

「でもっ！　アメリア様は、我が国にほとんど帰ってこられてないと聞いています。ご家族にだって会いたいでしょうし、お持ちの商会運営だってあるはずだわ」

「リリア様」

二度目は自分の思っていたよりも、低い声音になった。

「私が幸せかどうかは、私が決めますわ」

「でもっ……！」

どうして私が不幸だと決めつけようとするのか。

戦勝祝賀会の際も一方的な発言をされた覚えがあるが、どうやらリリア様は人一倍思い込みが激しい性格のようだ。

笑顔を崩さない私の様子に納得がいかないのか、唇を噛むようにして私とロワール様を交互に見比べている。

「……魔術師様の前でお話ししても、本当のお気持ちかどうか信じられません。どうか二人きりでお話しさせてください」

——元婚約者の浮気相手と話すことなど何もないのだが。

しかしこの調子だと、一度話をしなければ、自分の思い込みを強めるばかりで何度もこうして突撃してくる可能性がある。

二度とこのような襲撃を受けないためにも、一度はっきりと否定するべきだろう。

困惑するロワール様に向けて小さく頷《うなず》くと、リリア様の提案に従って休憩所のバルコニーに移動することにした。

「アメリア様！　ここなら大丈夫ですから、本当のお気持ちを教えてください」

開口一番、弾《はじ》けるようにこちらに飛び込んできたリリア様は、私の手を両手で握りしめ涙に潤んだ瞳でこちらを見上げた。

夜会の『休憩』をする場所なので、敢えて照明を減らしているバルコニーで、手を取り合って向かい合う女性二人というのは、側《はた》から見ればなかなか奇妙な光景だろう。

「魔術師様に望まれてこちらの国へと嫁がれましたが、本当にお幸せですか？　お辛いことやご不便はありませんか？　無理していませんか？　帰りたいと思うことはありませんか？　私に対して遠慮する必要はありませんから、私にはアメリア様の本音を話してください！」

一方的な厚意を押しつけられているように感じるが、一体この女性は何を言っているのだろう。

そもそも私がロワール様の元へ嫁ぐきっかけとなった原因は、目の前にいる女性なわけなのだが、彼女は全く自覚していないのだろうか。

悪意や嫌味として言っている様子もなく、本当に国に帰ってくることが私の幸せだと信じているような口ぶりに、すっと目を細めた。

「リリア様、何を勘違いされているのかわかりませんが、私は本当に幸せに暮らしております。非公式ではありますが、何度かそちらの国へも帰らせていただいていますわ」

実際には毎週のように通っているが、敢えて伝える必要もないだろう。

「で、でも！　アメリア様は王太子妃教育を、あんなに頑張られていたではありませんかっ」

リリア様は握っている私の手を引き寄せるようにして、ずいと顔を近づけてくる。

「それは王太子殿下の婚約者として当然の努力を――」

「大丈夫です！　アメリア様が望めば、王太子妃の座はいつでもお返しできるように準備していますから！」

「……どういうことですか？」

不穏なリリア様の言葉に、思わず低い声が漏れた。

王太子妃の座を望んだのは彼女のはずなのに、それをなぜ今更返そうとするのか。

「私は今、アメリア様が最も王太子妃に相応《ふさわ》しいと思ってもらえるように行動しています！　いつ戻ってきていただいても大丈夫です」

「なぜ、なんのためにそんなことを？」

全く理解ができない。

「リリア様は殿下の一番になりたいと、正妃を望まれたのではなかったのですか？」

そもそも私が王太子妃となる道を閉ざしたのは、リリア様本人のはずだった。

「確かに私はルイス様の一番になりたいと望みました。でもそれは、アメリア様の婚約者だったからです」

それはつまり、側妃として私を利用することを前提に正妃の座に収まろうとしていたということだろうか。

「アメリア様がいなければ、ルイス様の一番になる意味がありません！」

王太子妃としての役目を押しつける相手がいなくなると彼女が困るのは事実なのだろうが、『意味がない』という言い方に違和感を覚えた。

先程から何度も私の名前を呼ぶ彼女は、異常なほどに私を意識しているようにも思える。

「どうしてリリア様は、それほどまでに私にこだわるのですか？」

私の言葉に驚くように肩を揺らしたリリア様は、何かを伝えようと口を動かすものの、言葉が出てこない様子で、下唇を噛むようにしてこちらをじっと見つめ続けている。

握りしめられていた手の力が緩んだのを感じて、失礼にならない程度に素早く手を引いて自由を確保すれば少し心が落ち着いた。

彼女の様子を窺えば先程までの勢いが嘘《うそ》のように消えており、私が払ったその手はドレスの裾を握りしめ、その大きな瞳を伏せてじっと足元を睨みつけていた。

室内から人々が歓談する声が漏れ聞こえてくる。

「言いたくないようでしたら結構です。リリア様にはリリア様のご事情があるでしょうし」

無言を貫く彼女に割く時間は惜しいと、この場を辞そうと挨拶をしようとしたとき、ぽつりと小さな呟きが聞こえた。

「……アメリア様はいつもそうです」

「はい？」

「貴女《あなた》からルイス様を奪ったはずの私にまで気を使ってくださるなんて、本当に誰にでもお優しい完璧なご令嬢なんですね。幼い頃から王太子殿下の婚約者で、未来の王太子妃じゃなくなったと思ったら大国の王族の方に見初められて、見知らぬ土地に行けば苦労するのかと思えば他国の貴族の方からも認められて……どうして、どうしてアメリア様ばっかり」

「リリア様？」

「アメリア様に私の気持ちなんてわかるはずないんですっ！」

突然の大声に、思わず目を見張る。

リリア様はその苛立ちを隠そうともせず、睨みつけるような鋭い視線をこちらに向けていた。

興奮したように肩で息をしている様子を真っ直ぐ見つめていれば、堪えきれなくなったのか彼女は気まずそうに目を逸《そ》らして顔を俯けてしまった。

「……私のこと、誰かに似ていると思いませんか？」

リリア様は未だ俯いたまま、ぽつりと言葉を漏らす。

「いいえ？　ごめんなさい、思い当たる人物がいませんわ」

そういえばロワール様に、リリア様が私に似ていると言われたこともあったように思うが、それは同じ白銀色の髪色をしているからだろう。

意中の相手に好意を強請《ねだ》ることができ、大勢の前で涙を流せる、良くも悪くも感情表現の豊かな彼女が自分と似ているとは思わなかった。

「……アメリア様は、やはりそうおっしゃられるのですね」

先程とは打って変わった落ち着いた声音に驚く。

考えてみれば私は彼女について、戦勝祝賀会での取り乱した姿と今日強引に話しかけられてからのやりとりしか知らない。

俯きながら、まるで自嘲するかのような口調で話す彼女は、驚くほどに静かで仄暗《ほのぐら》い表情を浮かべていた。

「アメリア様はご存じないかもしれませんが、私は幼い頃からアメリア様に似ていると言われ続けてきました。この容姿を活かせば、いずれは王妃の影武者にもなれると、親にまで言われていたんです」

彼女の言葉に少なからず衝撃を受けるが、私達の共通点は白銀の髪色のみだ。

よく見てもらえば、目鼻立ちから身体のつくりまで既に大きく違っている。

「私は、そうは思いませんが」

私の言葉にうっすらと微笑んだリリア様は、肩をすくめて視線を逸らした。

「幼い頃は、誰もが『アメリア様に似ている』と褒めてくれましたから、私も未来の王妃様に似ていると言われることが嬉しかったし、誇らしくもありました。でも、成長するにつれて少しずつアメリア様との違いが目立つようになってきて、気がつけばアメリア様と比較されて叱られるようになっていました。だから、私は周囲の期待に応えようと、必死に貴女のことを調べては真似《まね》をしていました。そうすれば周囲が喜んでくれましたから」

微笑んだときに手を頬に添える仕草、誰にでも丁寧な話の仕方、体型を寄せるためにコルセットを一段階きつく締めるなど、真似ができることは全て試したのだという。

指摘されて初めて今まで気付いていなかった自分の癖を知り、驚きに固まっている私の様子を見てリリア様が苦笑混じりに目を伏せた。

「転機が訪れたのは、貴族学院でルイス様にアメリア様と間違えられたときです」

婚約者と他の女性と見間違えるなんて、褒められたことではない。

当然間違えられた側のリリア様も不快に感じたのだろうと様子を窺えば、向かい合う彼女はその瞳を大きく開いて嬉しそうに笑っていた。

「そのとき、お二人の関係は私とアメリア様を見間違えるほどに浅いものなのだと知ったのです。だから私は、自分を試すことにしました。ルイス様に選ばれれば、『アメリア様に似ている私』という立場を逆転できると思いました。なぜ私が貴女に似ていると言われなければならないのか、ずっと許せなかった。ルイス様に選ばれれば、貴女に勝てると思いました」

興奮した様子のリリア様は、両手を頬に添えてうっとりと天を仰ぐ。

「ルイス様に好きになってもらうのは簡単でした。彼は私にアメリア様を重ねていたようでしたから、アメリア様のような態度をとれば喜びましたし、『アメリア様』に似ている私が好意のある行動を見せれば満更でもない様子で、すぐに側に置いてもらえるようになりました」

リリア様に私を重ねていたという部分は否定したいが、自分に酔っている様子の彼女の話に横槍《よこやり》を入れるのは気が引けた。

「ルイス様がどこに行くにも私を連れて行くようになって、『一番になりたい』と願えば叶《かな》えてくれると言ってくれて、もう少しで私の願いは成就するはずだったんです」

彼女の言う通り、リリア様がそう望んだから、ルイス様はリリア様を正妃に、私を側妃とする提案をされた。

まるで夢物語を口ずさむようにうっとりと語っていた彼女が、急に動きを止め、無機質な瞳をこちらに向ける。

「……でも、アメリア様はいなくなってしまいました」

リリア様は、ぽつりと小さく呟く。

「魔術師様に望まれたアメリア様は、国を救った乙女だと称賛されて我が国を出て行かれ、私はアメリア様のいなくなった穴を埋めるように、すぐにルイス様の婚約者にされました。リリアとして勝ち取るはずだった場所に、一番避けたかったアメリア様の代替として押し込まれたんです」

感情がごっそり抜け落ちたかように、無表情のままこちらを見つめている彼女は、私を見ているはずなのにまるで視線が合わない気がして背中に冷たいものが伝った。

「アメリア様は酷《ひど》いです。国を救った英雄の魔術師様も、自分を犠牲に称賛される機会も、もう我が国には存在しない。そんなのどうやって真似すればいいんですか？」

何を馬鹿なことを、と言ってしまえばいいのかもしれない。

平常であれば冗談とも取れる質問だったが、今目の前で壊れた人形のようにこてんと首を傾げている彼女は、少なくとも本気で疑問に思っているように見える。

その無機質な瞳に、私の真似をするためならどんな手段も厭《いと》わないような狂気を感じて、思わず息を飲んだ。

「……王太子殿下の婚約者となった今の貴女に、私の真似をする必要がありますか？」

形や理由はどうであれ、彼女は望んでいた地位を手に入れた。

あとは不足している知識や能力を補う努力さえすれば、自《おの》ずと周囲の評価もついてくるはずだ。

私という存在にこだわらず自分自身を認めてもらう努力をする、それだけで彼女の願いも叶い欲しいものも手に入るというのに、なぜそこまで私の行動を辿《たど》ろうとするのか。

「王太子妃教育ではアメリア様ならできていた、アメリア様はこうだったと毎日毎日比べられて違いを指摘されます。そんなことを言われたって『アメリア様』がいなくなってしまった今、私はどう行動を修正したらいいか全くわからないんです。彼女たちはアメリア様がいればと困ったように口にしますが、そんなことはわかっています。ずっと貴女の真似をして生きてきたんです。人との接し方、喋《しゃべ》り方、歩き方も、真似できることは全て『アメリア様』に似せてきました。アメリア様がいなくなって一番困っているのは私です！」

リリア様は、こちらを睨みつけるようにして強い口調で言い放つ。

その言葉に、彼女が執拗《しつよう》に私に国に戻るよう勧めてきたのは、こういう理由だったのかとようやく腑《ふ》に落ちた。

「あれからずっと、アメリア様が帰ってきてくれる日を心待ちにしていました。王太子妃になるためにずっと努力されてきたのだから、その努力を無駄にしないように、いつかは我が国に戻ってきてくれるものだと信じていました。きっと『アメリア様』ならば国のために身を捧《ささ》げることは当然だと考えられるから、辛くても耐えていらっしゃるのだと思っていました。でも実際に会ったアメリア様は、魔術師様と結ばれて幸せだとおっしゃいます。それは本当のお気持ちですか？　本当に長い間努力されて築いてきた地位を手放してもいいんですか？」

確かに戦勝祝賀会で褒賞に望まれたあの場面だけ見れば、私が国のために身を捧げたと見えなくもないだろう。

しかし、実情は違っている。

真実を伝えれば、彼女は納得するのかもしれないが、私達の秘めごとを彼女に話すつもりはなかった。

恨みがましい目でこちらを見つめ続ける彼女を一瞥《いちべつ》すると、姿勢を正し、改めてリリア様を真っ直ぐ見据える。

「私は魔術師ロワール様と共に生きる道を選びました。王太子妃となるべく努力してきた日々は、目標の地位につかなくとも確かに私の力となっています。私は生涯を共にできる相手と結ばれたことを誇りに思っておりますし、ロワール様のいるこのレントワール国を離れて祖国へ戻るつもりはありません」

祖国へ帰らないことを明言した発言に、リリア様は大きく目を見開く。

何かを言おうと口を開くものの言葉にならないようで、しばらく固まったままこちらを見つめていたが、やがて力のない声で「そうですか」と呟く声が耳に届いた。

その言葉に対して淑女の笑みを返せば、小さく相槌《あいづち》を打つようにしたリリア様は、酷く傷ついた様子で顔を歪《ゆが》めた。

「……アメリア様は王太子妃なんて地位にしがみつかなくても、どこででも輝けるんですね。さっきだって、こんな大国の貴族ですら黙らせてしまいました」

俯いてしまった彼女の表情は見えない。

肩を震わせているように見えるが、彼女の期待に応えられない状態で言葉をかけるのも気が引けた。

「どうしてこんなに違うんでしょう。似たような見た目に生まれたはずなのに、アメリア様はいつでも一番で、一番になれなかった私はどこまでもアメリア様の偽物なんです。長年貴女の真似をし続けてきた私は、お手本のアメリア様を取り上げられたら、もうどう生きればいいか全くわかりません」

自嘲気味な声音を聞けば、彼女の憔悴《しょうすい》具合が伝わってくる。

彼女の言うように、今まで彼女の生きる指針が私であったのならば、リリア様がルイス様の婚約者となり私が別の道に進んだ今、手本とする行動指針を見失い暗闇の中に取り残された状態だったのだろう。

そんなことを考えていると、一つの疑問が浮かんだ。

「一つお尋ねしたいのですが、王太子殿下のことを、貴女は本当に愛しておられたのですか？」

「……正直に言えば、よくわかりません。私はこうすれば男性に好かれるだろうと思う行動をとっていただけで、私自身の気持ちで彼に接していたわけではありませんでしたから。けれど、今の私にルイス様以外何も残っていないのも事実です」

ルイス様の『運命の相手』は、偽りの愛を語っていたらしい。

それに気付かず心奪われるとは、殿下は色恋には向かない性格だったのだろう。

「貴女の嘘を見抜けなかった咎《とが》は、殿下にあります。既に婚約が成立してしまった今、殿下に本当のお気持ちを告げられて、お二人でよく話し合うべきかと。その上で今後の情勢を鑑み、王位継承や王太子妃についての解決を検討すべきですわ」

彼女がどんな道を選ぼうが、彼女の自由だ。

しかし、これは城下町の一市民の恋愛模様ではない。

一国の王太子と貴族令嬢である二人なのだから、それぞれの行動には負うべき責任が伴ってくる。

「貴女は一国の貴族令嬢として相応しいよう振る舞うべきかと思います。地位や権力を望むというのならば、相応の努力をして然《しか》るべきです」

ルイス様については、今回の件から学んで、今後ハニートラップに引っかからないよう成長してくれるなら幸いだろう。

もっとも、王太子としての立場が継続できるかどうかは怪しいが。

「お話は以上ですか？　私はこのレントワール国で幸せに過ごしております。どうか今後は静かに私達を見守っていただけますと幸いです。それでは、あまり長くなってもいけませんので失礼させていただきます」

「あ、あのっ！」

バルコニーから会場に戻ろうとした私の背に、リリア様から声がかけられる。

会場に繋がるガラス扉に手を置いて振り返れば、リリア様は口を開閉させながらこちらを見つめていた。

恐らく彼女は、私に何か伝えたくて呼び止めたわけではない。

きっとまだ自分で考えることが恐ろしくて、これまで手本にしていた存在を見失うことが怖くて、思わず声をかけてしまったのだろう。

「リリア様。殿下から側妃のご提案をされたとき、確かに少々心乱されましたが、結果的に私の幸せは何一つ損われませんでした」

戸惑った様子のリリア様に、心からの微笑みを向ける。

表情を取り繕わずとも微笑むことができるのは、自分自身の心を偽る必要がないからだ。

「『運命の相手』に出会う機会をくださったこと、感謝いたします。貴女の人生は一度きりなのですから、今後は自分で考え貴女らしく生きていかれることをお勧めいたしますわ」

扉を引くと、ダンスが始まったのだろう、中からは華やかな音色が響いてくる。

薄暗いバルコニーに呆然《ぼうぜん》と立ち尽くすリリア様に軽く会釈をすると、背後を振り返ることなく会場へと足を進めた。

リリア様と話していたバルコニーを離れ、会場に戻ると既にダンスが始まっていた。

ファーストダンスを終えた人々は、パートナーを替えて各々楽しい時間を過ごしている。

ロワール様の姿を探してみると、ダンスフロアから離れた辺りで、再び大勢の貴族に囲まれている姿が見えた。

マーシャル公爵となる彼に少しでも自分を売り込もうという貴族たちの思惑がありありと見てとれて、つい苦笑してしまう。

しかし、ロワール様も対応に困っていらっしゃるようなので、早くお側に戻らねばと歩みを速めた。

「アメリア！　ようやく会えた……」

まるで長らく会えなかった恋人にかけるような言葉が飛んできて、反射的に振り返り、その先にいた人物を目にして自分の行動を後悔する。

そこには以前より少し痩せたような様子の、元婚約者のルイス様がいた。

疲れが見てとれるとはいえ、一国の代表として外交の場に立つために整えられた風貌は、相変わらず絵本の王子様を連想させるような姿だ。

声をかける相手を間違えたのかとつい周囲を見回してしまったが、彼の視線は私に向かっているし、確かに名前を呼ばれている。

ようやく会えたと言うが、先程リリア様と共にお会いしたはずだと不審な思いから眉根を寄せそうになったところを、ここは外交の場だと、騒つく胸中を押しとどめて社交用の笑顔を貼りつけた。

他国から来た彼は一応賓客であり、私はもてなす側のレントワール国の人間である。

「私に何か御用でしょうか？」

「……少し、話せないかな」

「申し訳ございませんが少々急いでおりまして」

私にはルイス様と話しておかなければならない話は特にないし、貴族への対応に困っているロワール様の元へ急ぎ馳《は》せ参じなければならない。

相手は今回の行事の招待客であるため、形式上でも礼をとった上で踵《きびす》を返そうとすると、驚くべきことに彼は私の腕を掴《つか》んで引き留めた。

「……リリア様が、バルコニーでお待ちですよ」

相手の不躾《ぶしつけ》な行動に、笑みを浮かべつつも冷ややかな視線と共に言葉を投げかければ、彼は一瞬怯《ひる》んだものの何かを必死に堪えるような表情を浮かべて、真っ直ぐにこちらを見つめている。

「ほんのひとときでいい、どうか君との時間を私にくれないか。……私と一曲、踊っていただけませんか」

仰々しいまでの定型文句と片膝をついてのお誘いに、ハッと顔を上げ、周囲を見回して自分の失敗に気付く。

――やられた。

ロワール様の元へと急いでいた私は、気がつけばダンスフロアに足を踏み入れていたらしい。

そして今、ルイス様から受けたのは最も正式なダンスの申し込みだ。

ダンスフロアにおいて、正式なダンスの申し込みを断るには、正当な理由がなければ失礼にあたる。ましてや招待側の国の王家に連なる私が、招待客である友好国の王太子からの誘いを断るならば尚更だ。

ここで私がダンスを断った場合、非難されるのはロワール様だろう。

恋愛や夫婦関係において、相手の自由を認めることが良しとされているレントワール国で、行動を制限したり執着や嫉妬を表したりすることは、魔術師らしくて醜悪でみっともない行動とされている。

ルイス様がそこまで知っていたとは思わないが、少なくとも招待客という立場を把握した上で、目立つようにダンスに誘ったことは間違いない。

「……お受けいたします」

一曲だけだ、この曲が終わればすぐにロワール様のところへ向かおう。

「良かった。お手をどうぞ」

私の言葉に安堵したのか表情を緩めた彼の手に己の手を重ねると、エスコートされるままにフロアの中心へと連れ出される。

王太子妃教育の一環としてダンスレッスンは長年受けてきたが、ルイス様と踊る機会は年に数回の公式行事ぐらいだった。

歳《とし》を重ねるにつれて私的な夜会の誘いも増えていたが、私は王太子妃教育を優先するあまり参加すること自体ほとんどなかったし、ルイス様はリリア様を伴われて参加していたのだろう。

曲が始まると周囲に合わせて身を寄せてステップを踏む。

思い出せるような思い出もないほど、ルイス様と踊る機会は少なかったのだと、今更ながらに小さな溜め息がこぼれた。

「……戦勝祝賀会の日、アメリアが魔術師殿を受け入れたときは驚いた。その、君は私の提案を前向きに考えてくれていると思っていたから」

語りかけてくる相手を見上げれば、随分と沈んだ表情をしていた。

「側妃の提案をしたのも、アメリアがこれまで王太子妃として頑張ってきたことを知っていたし、その努力を無駄にしたくないと思ったからなんだ。リリアから一番になりたいと言われたときも、アメリアが私の元からいなくなるなんて考えられなかった」

随分都合の良い思考回路だな、と他人事《ひとごと》のような感想が湧いてくる。

なぜ私よりリリア様を選んだルイス様の元から、私が離れていかないと思えたのだろうか。

確かに私達の婚約は、王家と侯爵家の利害の一致によって成り立ったものだ。

しかし、だからといって成立した婚約を蔑《ないがし》ろにしていいということにはならない。

「殿下がおっしゃっていることは、私を側妃としてお側に留め置くことで、リリア様の代わりに王太子妃の仕事をさせて利用しようと思っていたと聞こえるのですが、違いますか？」

「違う！　利用だなんて……私はただ、アメリアは私の側にいてくれるものだと……アメリアは私のことを」

「大切な婚約者だと思っておりました」

そう、ルイス殿下は大切な婚約者『だった』お方。

もう既に過去の話だ。

長い間受けてきた王太子妃教育は辛い思い出も多かったが、今となっては良い勉強だったと思える。

「一つだけ、忘れられない思い出があります」

私の言葉に、ルイス様が弾かれたようにこちらに向き直った。

すがるようなその視線に気付かないふりをして、遠くの楽団の方をぼんやりと見つめた。

「王太子妃教育が始まってしばらく経《た》った頃、一度講義中の私を連れ出してくださったことを覚えていらっしゃいますか？　あの頃は日々の課題に追われ、講義についていくのに必死で碌《ろく》に眠れない日々を送っていましたので、そんなときに連れ出してくださった殿下に心から感謝の気持ちを持ちましたし、私の努力を知ってくれていたのだと嬉しく思いました」

あの頃の私は、ただ自分の幸せに向かって真っ直ぐでひたむきで、そして愚かだった。

「だからなのでしょうか、私は長い間王太子妃としてもっと努力せねばと思い続けておりましたし、努力さえしていれば幸せな結末が訪れると勘違いをしておりました」

王太子妃を目指す努力が、相手のためになると心から信じていた。

ルイス様にも何か思うところがあったのか、私の背に回された手に力が込められる。

「あの頃の私は、殿下の一番になりたかったのだと思います」

「どうしてあのとき……側妃の提案をしたときに言ってくれなかったんだ」

泣き出しそうな声音に視線を向けると、何かに耐えるように眉根を寄せたルイス様がいた。

どうしてそんなに辛い表情をされるのだろう。

側妃の提案をされたとき、ルイス様は既に『運命の相手』であるリリア様に心奪われていたというのに。

「運命の出逢《であ》いを果たしたと浮かれていた殿下にお伝えして、何か状況が変わりましたか？　私が悋《りん》気《き》を起こしたように未練がましく王太子妃の立場にしがみついたなら、それこそ殿下のお気持ちはリリア様により一層傾いたのではありませんか？」

それは、と口籠ったルイス様は、そのまま俯いてしまう。

「殿下から側妃のご提案をいただいたときに気付かされました。私のしていた努力は王太子妃になるためのものであって、殿下の婚約者としてはなんの努力もできておりませんでした。私の落ち度であり反省点です」

足りなかったところも至らなかったところも、今ならはっきりとわかる。

自分の落ち度も反省点も恐れずに振り返ることができるのは、今ロワール様という心の支えを得ることができたからだ。

「アメリア……君が私のことを望んでくれていたのなら」

「殿下」

彼の言葉を遮るようにして声をかけた。

真っ直ぐにルイス様を見上げると、まるで私の視線に怯えるかのように肩を揺らす。

「先程から仮定の話ばかりをされますね」

私の言葉に、ルイス様は目を見開いた。

自分でも気付いていなかったのだろう。

「側妃のご提案をされたときに私が胸の内を伝えていたのなら、私が殿下のことを望んでいたのなら。そうやって受け身に徹して主導権を相手に委ねることで、何か得るものがありますか？」

受身に徹することで、自分の望まなかった結果になったときには誰かのせいにできる。

彼が口にしている言葉は、全てこの結果を私に押しつけているだけの責任転嫁だ。

そうやって目の前の相手は、自分の心を守っていたのだろう。

「待つだけでは何も変わらないと、他ならぬ貴方が私に教えてくださいました」

私の言葉に目を見開いたかと思うと、次の瞬間くしゃりと顔を歪めた。

返せる言葉が見つからないのだろう、それきり彼は黙り込んでしまう。

優雅なワルツが流れていたが、曲も終盤に入り、そろそろこのダンスも無事終えられるだろう。

「今後はどうか国の行末と己の幸せを考え、正しいと思う行動をおとりください」

彼等の行末がどうなるかは、私にはわからない。

王太子としての立場を取るにせよ、『運命の相手』を選ぶにせよ、彼の自由だ。

しかし、今度こそは相手に委ねず、自分自身の責任を受け止めてほしいと願うのは勝手だろうか。

曲が終わり、お互いに礼をする。

名残惜しそうに重ねた手を握ったままのルイス様に、淑女の笑顔を貼りつけて最後に、と声をかけた。

「私は既に婚姻を結んだ身です。貴方の婚約者だった『アメリア』は、もうおりません。どうぞこれからは、名前で呼ぶことはお控えいただきますようお願い申し上げます」

改めて礼をとり、その場を去ろうとした瞬間、背後から強い力で引き寄せられてバランスを崩す。

驚きに振り返ると、先程まで遠くで歓談していたはずのロワール様の姿があった。

「ロワール様!?」

「……魔術師殿」

いつのまにここまで移動されたのかと驚くが、ロワール様は鋭い視線をルイス様に向けたまま、その腕だけを動かして私を抱き寄せた。

人と触れ合うことのできないロワール様がダンスフロアにいること自体、珍しいのだろう。

周囲の人々がちらちらと、こちらの様子を窺っているのがわかる。

「失礼。愛しい妻が見えたもので、気がはやってつい迎えに来てしまいました。レントワール王家の一員として生を受けましたが、魔術師として育ってきたために、他国の王族の方に礼を欠く行動であれば申し訳ありません」

ロワール様は軽く会釈をすると、うっすらとその口端を吊《つ》り上げるようにして笑みを浮かべた。

同時に、私の腰に回した手に力が込められる。

「せっかくの機会なのでお伺いしますが、貴方は長年婚約者の立場にありながら、アメリアのことをどれだけ知っていましたか？」

ロワール様の言葉に、ルイス様がびくりと身体を揺らした。

「恋愛関係に疎いことや褒められ慣れていないこと、知らないことはなんでも本で調べて知識を仕入れてくるくせに、いざ活用しようとすれば不器用で、頑固で真面目で融通の利かない性格をご存じでしたか？」

ロワール様は柔和な笑みを浮かべたまま、その口調は淡々と語りかけるようなものなのに、それを聞くルイス様は、酷く追い詰められたように真っ白な顔色をしている。

「貴方はアメリアの上辺しか見てこなかったから、アメリアに似た女性に好意を寄せられて心揺れた。違いますか？」

ルイス様は何かを口にしようとするが言葉にはならないようで、途切れるような音が口からこぼれるばかりだ。

その様子を見たロワール様は小さく溜め息をつき、その金緑の瞳をスッと細めた。

「俺は貴方とは違う」

ロワール様の声は、音楽が奏でられるダンスホールの中でも、不思議と響いた。

隣を見上げれば、ルイス様を射るように見つめるロワール様の横顔がある。

「いくら姿形が似ていようが声や仕草が似ていようが、誰かをアメリアの代わりにするなんて考えられない。アメリアは自分にとって唯一無二の存在です」

腰に回された彼の腕は未だに力が込められたままで、その力強さが温かくて、まるで私の居場所を示してくれているようだった。

――誰かの一番になりたい。

その願いを叶えてくれたのは、ロワール様だった。

長年信じてきた婚約者の心変わりに、心が痛まなかったといえば嘘になる。

しかし、あのときロワール様の褒賞となることを選んだ、その選択を後悔することはない。

私の視線に気付いたのか、こちらを振り向いた彼と視線がぶつかる。

金緑の瞳を細められたかと思えば、彼の長い指が私の頬に優しく触れた。

囁くように私の名を呼び、こちらに向けて柔らかく微笑みかけたロワール様は、ゆっくりとルイス様の方に向き直る。

その険呑《けんのん》な光を帯びた鋭い視線には、確かな敵意があった。

「魔術師は愛が重いとよく言われますが、その通り私も嫉妬深い性質《たち》でして。自分の妻に手を出そうとしたり、粉をかけるような真似をしたりする間男を、許せるような心の余裕は持ち合わせていないんです。愛するアメリアに触れ、言葉を交わし、その笑顔を向けられるのは全て自分でありたい。他の男に向けられるなんて――ましてや元婚約者になんて到底許容できない」

ロワール様の胸元から、小さく破裂音が鳴る。

大粒の玉が連なった魔封じは、ロワール様の感情に同調するように小刻みに揺れていた。

それに気付いた周囲の人々からは小さな悲鳴が上がる。

魔封じの意味を理解していないだろうルイス様は、周囲の様子を見て何が起こっているのかと脅えている様子だった。

そんな彼に一歩近づいたロワール様は、腰を曲げるようにして彼の目の前に顔を覗《のぞ》かせた。

「今更アメリアが惜しくなったってもう遅い。自分が何を手放してしまったのか、まだ理解できていないんだろ。いつか失ってしまったものの大きさに気付いて、せいぜい後悔するといい」

それは低く囁くような声音だった。

呆《ほう》けたようなルイス様に、失礼と声をかけるとロワール様は踵を返す。

ふわりとした浮遊感に視界が揺れると、目の前にロワール様の顔が現れた。

抱き上げられたのだと気付いて慌てて降りようとするが、背中と膝裏に回された腕ががっしりと私を抱え込んで離さない。

小さく抵抗しようとしたものの、ロワール様は私を抱き抱えたままルイス様に会釈をすると、そのまま会場出口へと向かい始めた。

──確かに、これ以上ここにいても不穏な空気を広げるだけだろう。

私の視界には、全ての玉にヒビが入ってしまった魔封じが揺れている。

こちらにちらりとも視線を向けないロワール様を見て、身動きしようとしても無駄な抵抗だと、大人しく身を委ねたのだった。


「──んぅっ！」

御者に出せと一言指示をして馬車に乗り込むと、狭い個室で押し倒されるようにして乱暴に口付けられた。

唇の隙間をこじ開けられ、差し入れられた熱い舌に口内を暴れるように舐《な》め回されると、息継ぎもままならない。

性急に舌を吸い上げられたかと思うと、顎を持ち上げ何度も角度を変えられて、深く深く喉奥を抉《えぐ》るように侵される。

口端からこぼれ落ちた雫《しずく》は、顎から首筋へと伝っていく。

しばらくして落ち着いたのか、重なっていた唇が離されると、身体を起こしたロワール様からは荒い息づかいが聞こえてきた。

「……どうして、アイツと」

揺れる馬車の中で、低く唸《うな》るようなロワール様の声が響いた。

「アメリアは俺の妻で、俺だけのもののはずなのに……こんなことなら誰になんと言われようと、夜会なんて一人で出席すれば良かった。邸から出さずに、ずっと閉じ込めておけば良かった」

その眼光は鋭く、瞳の奥には渦巻くような怒りと苛立ちが見てとれる。

王城を出た瞬間から、ロワール様につけていただいた魔術痕から急速に熱が広がっていた。

「ちょっと目を離しただけだったのに、未練たらたらでアメリアの周りをうろつきやがって……大人しく紛い物で満足していればいいものを、ダンス中でも執拗に身体を寄せたり曲が終わっても名残惜しそうに手を離さなかったり、気付かないなら気付かないままでいればいいんだ。ああ、アイツに触れられて汚された手袋もドレスの背中部分もアメリアから引き離してしまわないと」

その言葉と共に、両腕から手袋が抜き取られ、背中に回された彼の手が強い力でドレスを引っ張ると、縫い合わせていた糸の切れる音と共に、引きちぎられたのであろうドレスの装飾部分が床に散らばった。

背中の部分が解けたせいで、緩んだドレスがずり下がると大きく胸元が開く。

「いっ……！」

胸元に顔を埋めたロワール様が、強い力で肌を吸った。

一度ではなく二度三度、何箇所も口付けられている。

これほどの力で肌を吸われれば、恐らくくっきりと紅《あか》い痕が残っているだろう。

「アメリアのこの白い肌を、アイツの前に晒《さら》しただなんて死にたくなる。なんで痕をつけることを思いつかなかったんだ……せめて夜会の前に痕をつけていれば、アメリアは俺に抱かれているんだと、アイツに思い知らせてやることができたのに」

「ロワール様」

「アメリアは何も言わなくていい。悪いのは全部アイツで――」

「怖い思いをさせてしまいましたね」

ロワール様の動きがピタリと止まる。

胸元に顔を埋めたまま、目を見開いて固まっているロワール様を真っ直ぐに見つめた。

「ロワール様を不安にさせてしまって、ごめんなさい」

私の言葉に呆然とした様子のロワール様は、ぎこちない動きでゆっくりと顔を上げた。

ルイス様の前を去ってから、ずっと何かを堪えるようにしていたロワール様と、ようやく視線が合った気がする。

「私が愛しているのはロワール様ただ一人です。貴方に心配させてしまうようなことをしてしまったのは私の落ち度です。どうぞロワール様の気の済むまで、私のことをお好きに扱ってください」

「――っ！」

目を見開いたロワール様は、先程まで渦巻いていた怒りと苛立ちが霧散したように、くしゃりと顔を歪めると俯いてしまった。

「ロワール様?」

呼びかけに反応しないロワール様へ手を伸ばし、そっとその髪に触れる。

普段はどこに行くにしても大抵ローブを着てしまうため、身なりを整えたロワール様と共に過ごせるのは貴重な機会だったのに、結局ダンスも踊れなかったなと少し残念に思う。

髪に触れていた手を、頬へと滑らせ優しく撫《な》でると、私の手の上から大きな手が重ねられた。

視線を移すと、反省したように肩をすぼめたロワール様が、申し訳なさそうにこちらを見つめている。

「……アメリアがアイツと踊っている姿が見えたときは、血が沸騰しそうになった」

ロワール様は落ち着きを取り戻した声音で、顔を俯けながらも淡々と言葉を紡いでいる。

「何か断れない事情があったんだろうことはわかる。それでも怖いんだ。いっときでもアメリアの心を占めていた男が、この手に触れて互いの身を寄せてダンスを踊るだなんて……こんなことならあのときアイツを始末しておけば良かった」

『あのとき』がいつのことかはわからないが、今回のようにルイス様が、ロワール様の怒りに触れるような行動をとったことがあったのだろう。

苛烈な言葉を口にしているが、その表情は道に迷った幼子のようだった。

ダンスに割り込んで夜会をぶち壊さなかっただけでも褒めてほしい、とつけ足すように口にされると、思わず笑みがこぼれてしまう。

我に返ったロワール様は、私を抱き抱えるようにして膝に乗せた。

背中に回した手が、先程引きちぎったドレスの部分に触れる。

「……悪い、せっかく揃えて作った衣装を台無しにした」

「衣装などいくらでも作り直せますし、問題ありません。ロワール様の御心を守れたなら、衣装も本望でしょう」

後悔の色がありありと見てとれるロワール様に、安心してもらえるようやんわりと微笑みかけると、まるで泣き出しそうな表情を浮かべて、私の肩口へ顔を埋めた。

「アイツの前ではかっこつけたけど、アメリアを奪われないか不安で仕方なかった。醜い嫉妬でみっともない姿まで晒して、ホントかっこ悪いな」

「ロワール様、私は嫉妬を醜い感情だとは思っておりません。貴方に愛していただけることを、心から嬉しく誇りに思っておりますわ。私も同じ愛をお返しできるよう努力いたします」

ロワール様の指先が私の唇に触れ、ゆっくりと唇が重ねられる。

触れては離れ、離れては触れて。

先程の乱暴な口付けとは違い、優しく唇を食《は》み舌を吸われ、蕩《とろ》けるような甘い口付けに、私の中の熱が溜まっていくのがわかる。

馬車の揺れに邪魔されるように離れてしまうことが寂しくて、私はロワール様の背中へと腕を回した。

る。同じように思ってくれたのか、ロワール様は私の頸に手を添え、覆い被《かぶ》さるように口付けを深くする。

深く深く口付けながら、ロワール様の長い指が大きく開いた胸元をなぞっていくのがくすぐったくて身をよじった。

しばらく触れ合ったあと身体を離したロワール様は、私を膝上に乗せたまま、ごそごそと身体を動かすとスッと目の前に何かを差し出した。

「……アメリア、これを」

渡されたのは、ロワール様が先程まで着ていた上着だった。

「その格好だと、降りるときに困ると思って」

確かに夜会に出席したはずの私が、誰かに破られたドレスを身に纏って帰宅すれば、どんな噂が立つかわからない。

ありがたく受け取って、その上着を羽織れば、破れた背中部分も大きく開いてしまった胸元も、すっぽりと隠すことができた。

何より上着にほんのりと残るロワール様の体温が、私を安心させてくれる。

顔を上げれば、まじまじとこちらを見つめているロワール様と視線が合った。

「どうかなさいましたか？」

「……相変わらずアメリアが華奢《きゃしゃ》で驚いてる」

あまり貧弱な体格では、ロワール様にいらぬ心配をかけてしまうだろうか。

「邸で過ごす時間にゆとりもありますし、お嫌でしたら一から鍛え直しますが」

「いや、十分……正直早く抱きたい」

目を細め口元を緩めながらそう言われると、上着の上から優しく包まれた。

コンコンと外からのノック音が響く。

いつのまに着いていたのか、気がつけば馬車の揺れも止まっていた。

夜会への出席のため、少しの間外出しただけなのに、扉が開かれた先に自邸が現れホッと安堵を覚える。

自分で思っていたよりも、存外気を張っていたのだろう。

「手を」

先に降りたロワール様から差し出された手を取ると、ぐいと引っ張られるままにその胸へと倒れ込む。

視界がぐるりと回転したかと思えば、膝裏に腕を回され抱き上げられていた。

「じ、自分で歩けますから！」

「アメリアが自分で歩けば、また胸元が大きく広がってしまうかもしれないだろ？　そんな姿を、俺以外に見せたくない。大人しくしてて」

優しく微笑みかけられると、何も言えなくなってしまう。

こうやって私を甘やかして、また私の心を奪っていってしまうのだ。

ずるい、と思う。

そっとロワール様の肩に顔を寄せると、しっかりとした胸板がそこにあった。

「……以前から疑問だったのですが、ロワール様は幼い頃から魔術師として働かれていたはずですのに、どうしてこうしっかりした体格をされていらっしゃるのですか？」

「アメリアも知ってるだろ？　この魔術大国で、騎士職の地位向上を目指してる風変わりな兄二人を」

ロワール様のお言葉に、瓜《うり》二つのお顔に快活な笑みを浮かべた二人の姿を思い出す。

「リカルド様とハロルド様ですか？」

「アイツらに昔騙《だま》されてた時期があって……奴ら曰《いわ》く『魔力という感情の揺らぎは鍛錬すれば整えられる』んだそうだ」

実際に兄弟の中では群を抜いてお二人の魔力は低かったらしく、話を真に受けた幼い頃のロワール様は、ちょくちょく邸に突撃してくる二人に付き合って筋肉トレーニングに励んでいたらしい。

それは、魔術の勉強を進める過程で「双子として生を受けた者は、胎内において母体から引き継がれる魔力を分割できるため、総じて魔力が低く生まれやすい」という真実を知るまで続いたのだとか。

憎らしげに宙を睨みながら語っているが、ロワール様の口から家族の話が聞けることは嬉しい。

魔力が低く生まれた彼等は、比較的魔力酔いしにくかったことから、他の兄弟よりも関わりやすかったのだろう。

「それではお二人に感謝しなければなりませんね。おかげで、こうやってロワール様に抱えていただけているのですから」

「アイツらに騙されてなくても、アメリア一人くらい、いつだって運べる」

拗ねたように口を尖らせるロワール様を見て、つい笑みがこぼれてしまう。

私の旦那様はどうしてこんなにも愛らしいのだろう。

私の視線に気付いたのだろうロワール様は、こちらに顔を近づけると私の額にそっと唇を寄せた。

「……部屋へ向かおう。早くアメリアと触れ合いたい」


扉を閉め床に降ろされると、薄暗い部屋の中でどちらともなく唇を重ねた。

熱い吐息を交わしながら、その手がドレスにかけられ、性急に脱がされていくのがわかる。

「……先に、身を清めませんか？」

「無理、待てない」

言葉を終える前に、再び深く口付けられる。

夜会のために整えられた髪をぐしゃりと掻《か》き上げた彼は、式典用に着込んでいた正装を手早く脱ぎ捨てる。

顎に指を添えられ上を向かされると、視界はロワール様で埋め尽くされた。

私を求める熱い舌に応えるように、己のそれを絡めて甘噛みすると、味わうように吸い上げられる。

大きな手のひらが頸から背中へ、そして臀部《でんぶ》へと滑り、やわやわと触られるのがくすぐったい。

「相変わらず、アメリアは柔らかいな」

ふっと微笑むような気配を感じると、再び抱き抱えられ、そのままベッドへと運ばれた。

雪崩《なだ》れ込むようにして覆い被さったロワール様は、唇から首元、胸元へと舌を這《は》わせ、所々に吸いつくようにして紅い痕を残していく。

ふにふにと形を変えるように揉《も》みしだかれている胸の中心では、先端が固くしこり、その掌に触れるたびに甘い痺《しび》れを走らせていた。

太腿《ふともも》の内側を撫でていた手が、脚のつけ根へと移動し、下着の上から割れ目に沿って指でなぞられると、己の愛液で下着が張りついているのがわかり羞恥に頬が熱くなる。

「ん、ロワール様……早く」

いつものように、貴方のもので私の中を満たしてほしい。

強請るように身体を浮かせて、唇を重ねる。

舌を差し出せば、淫らな音を立てながら吸いつかれ、その水音が更に腹の奥に溜まった熱を刺激してくる。

下着の中に侵入してきた指は、勝手知ったるように蜜壺《みつつぼ》の入り口に触れると、溢れ出している愛液をくちくちと指に絡ませ、前の突起に塗りつける。

潤滑油を得た突起を親指で潰すように刺激され、二本の指でじゅぶじゅぶと蜜壺を掻き混ぜられると、火照った身体はいとも簡単に高みへと追い詰められていく。

「あっや、待っ……ああっ！」

強い快感に全身を攫《さら》われそうになる。

身体を重ねるにつれて、ロワール様に悦《い》いところも弱いところも全て暴かれてしまい、簡単に高みに昇らされるようになってしまっていた。

達したことで弛緩した身体を、ロワール様はじっと見つめて、胸に触れていた手をゆっくりと移動させる。

その指がつうっと下腹部へと移動し、臍《へそ》の下辺りでほんの少し力が込められた。

「……アメリア、家族が欲しい」

その手が私の脚をぐいと持ち上げ、そのままロワール様の肩に掛けられた。

一度達した蜜壺にあてがわれた熱棒は、溢れる愛液を纏うと、焦《じ》らすように入り口を浅く出入りしている。

「私も、愛しいロワール様との子が欲しいです」

私が言い終わる前に、ぐぷりと侵入してきた熱いものは、快感に蕩けきっていた内部を押し進み、一気に奥まで打ちつけられた。

達した余韻できゅうきゅうと締めつけてしまう中を、押し広げるように擦《こす》られると、一度達した身体は、先程よりも強い快感を拾い始める。

「アメリア、アメリア……っ」

呻くように名前を呼ぶ声と共に律動が激しくなり、中を掻き回されるぐちゅぐちゅという水音と、肌のぶつかり合う音が部屋に響く。

ロワール様の手が胸元に伸び、胸の先端を指先で引っ掻くように刺激されると、強すぎる快感に思わず腰を引きそうになるが、大きな手で固定されてしまい逃げ場を失ったまま、その快感が腰から背中へと迫《せ》り上がってくる。

「や、あっ私、また……っ」

「何度でもイけばいい」

ロワール様に触れてもらって、その指に高められて、彼の熱を受け入れられることが嬉しい。

快楽の波に押し流されながらも、確かな幸福感が胸の中にあった。

愛液でぬかるんだ内側を激しく打ちつけられるたびに、はしたない声が口端から漏れる。

「ここで、俺を憶《おぼ》えて、俺なしでは生きていけないようにっ」

身体を折り畳むように脚を持ち上げられ、奥深くまで打ちつけられる。

その指で前の突起を押しつぶされながら、奥にぐりりと押しつけられると、強すぎる刺激が一気に背中を走った。

「あ、ああっ……！」

身体を支配していた熱が全身を駆け巡り、大きく弾ける。

快楽の波の中に打ち上げられたような浮遊感を覚えると、次の瞬間どっと身体の重みを感じ、ベッドへと沈み込んだ。

同時に、その先を奥に擦りつけるように押し込まれた熱棒がドクドクと波打ち、熱いものが広がっていくのを感じる。

肩で息をするロワール様を見上げると、汗ばんだ額に前髪が張りついていた。

そっと手を伸ばして額に触れると、手首を掴んだロワール様に引き寄せられ、背中に回された腕に力強く抱きしめられる。

ロワール様の腕の中で、その胸に頬を寄せると、頭に柔らかな口付けが降ってきた。

「……家族が増えたら、こうしてアメリアを独占できなくなってしまうかな」

私の髪を梳《す》きながら呟くその声音は、心配しているようにも笑っているようにも聞こえて、幸せな未来を想像して自然と顔が綻んでしまう。

「そうかもしれませんね。でも、私の愛する旦那様は、ロワール様ただ一人ですわ」

そう言って顔を上げると、視線の合ったロワール様は何も言わずに私の肩口へと顔を埋めた。

その頭をそっと撫でると、愛おしげに鼻を擦り寄せてくれる。

いつか家族が増えたなら、たとえロワール様を超えるような魔力量の子が生まれるようなことがあっても、必ず側にいて愛情を注いであげよう。

人の温《ぬく》もりに飢えていたロワール様なら、戸惑いながらもきっと惜しみない愛を注いでくれるだろう。

「……楽しみです」

私の呟きに、ロワール様は不思議そうに顔を上げた。

思考に耽《ふけ》っていたせいで、つい言葉が漏れてしまったことに苦笑するが、私の様子を見たロワール様は、そのままゆっくりと唇を重ねる。

「なんのことかはわからないが、アメリアが楽しみなら、俺も嬉しい」

柔らかな唇が私のそれを食み、うっすらと開かれた唇の間からゆるゆると舌が割り入ってくる。

再び灯《とも》り始めた情欲の熱は、そう時間を空けずに次の交わりに向かうのだろう。

ロワール様に求められるこの瞬間を幸せに思いながら、いつか迎えるだろう新しい命を心待ちに思うのだった。

＊＊＊

「お母様！　見てください、新しい技を編み出したのです！」

座ったまま声の方を振り向くと、既にバチバチと弾けるような音を立てる光の塊が目の前に膨らんでいた。

「ご覧ください！　サンダー・ライト・フラワーッ！」

声と共に無数の光の塊が四方に弾ける。

そのうちの一つがこちらに飛んできて、避《よ》ける間もなく反射的に目を瞑《つぶ》った。

衝撃がくると構えていたが、音が止《や》んでも何も起こらない。

恐る恐る目を開くと、私の前には白銀色の髪を靡《なび》かせ、手を広げて立つ小さな背中があった。

「ローゼ、危ないだろ。コントロールが悪いんだからむやみやたらに力を放つなって、この前お父様に叱られたばっかりじゃないか」

「ご、ごめんなさいっ！　上に向けて花火みたいにしたかったの。この前試したらすごくきれいだったから」

ドレスの裾をたくし上げながら慌てて駆け寄ってきたローゼは、肩で息をしながら何度も謝罪を繰り返す。

「だからってお母様を危険な目にあわせたらダメだ」

「アラン、ありがとう。私は大丈夫よ」

「お母様は甘すぎです。怪我《けが》するところだったんですよ」

喧嘩《けんか》になってしまうかもと宥《なだ》めに入ったものの、逆に叱られてしまった。

私譲りの白銀色の髪に薄紫の瞳のアランは、ロワール様に似て少々過保護なところがある。

「ごめんなさい……お母様にもきれいな花火を見せたくて」

濃紺色の髪をお気に入りのリボンで結んでいたローゼは、その薄紫の瞳に反省の涙を溜めていた。

「ローゼ、私は大丈夫よ。でも、先日特訓でドレスの袖を焦がしたばかりでしょう？　魔術の練習をするなら、練習着に着替えなくてはいけないわ」

「はい！　お母様、次はそうします。でもこのドレスはもう袖を焦がしてしまったから、練習着にしても良いですか？」

よく見ればローゼの着ているドレスは、先日袖を焦がしてしまい処分しようと置いていたものだった。

お気に入りだから、まだ着ていたいのだろう。

衣服に頓着しないところは誰に似たのかしら、と苦笑が漏れてしまう。

「僕がいなかったらお母様は怪我していたんだからな、十分に反省しろよ」

「反省したらもう一度試しても良い？　次は先にアランが障壁を作ってくれてたら安全に試せるわ」

「……なんでピクニックに来てまで、ローゼの魔術の特訓に付き合わされなきゃなんないんだ」

げんなりとした様子のアランと、アランのお小言を気にもしていないローゼを微笑ましく見守る。

マーシャル領は自然豊かで、邸から少し離れれば小高い丘があり、天気の良い日にはこうして外で昼食をとるようにしていた。

マーシャル公爵家としてこの地に移り住んですぐに、新しい命を授かったことがわかった。

一時は魔力過多の子供が生まれるのではと心配していたロワール様も、お腹《なか》の子が双子であると知ると少しは安堵したようだった。

しかし、男女の双子として生まれた二人は、ロワール様ほどではないものの高い魔力を保有していた。

それぞれ一介の魔術師を超えるほどの魔力量だったらしいが、それを上回る魔力操作の才能があったようで、二人とも将来は自分の望んだ道を選ぶことができるそうだ。

その事実を知ったときに誰よりも安堵していたのがロワール様で、生後数ヶ月の二人を抱きしめて涙を滲《にじ》ませていたことを憶えている。

「私、リカルド伯父様とハロルド伯父様と同じ魔術騎士になりたいです！　ただ魔術を放つよりかっこいいじゃないですか」

ローゼは放出魔術を得意としており、魔力を火氷雷等それぞれに変換して発生させることができる。

もっとも、ただ出すだけではつまらないそうで、魔術騎士という役職についている伯父二人の元へ通っては、更にかっこいい魔術の放ち方を研究しているらしい。

魔力のない私にはわからないが、それらしい文言を唱えながら魔力を練ったり、剣の動きに合わせて魔力を放つとかっこよく仕上がるのだそうだ。

少々お転婆《てんば》が過ぎるところもあるが、まだ六歳。明るく元気に育っているし、淑女としてのマナーを教えるのは、もう少し先でも問題ないだろう。

このまま魔術騎士として身を立てたいと言うならば、その道を進ませるのもいいかもしれない。

「その特訓に付き合わされる僕の身にもなってよ」

アランは障壁魔術を得意としており、物理も魔力も通さない障壁を自由に発生させることができる。

日常を過ごす中では、専らローゼの放出魔術から私を守ることに使用されているが、アランの得意魔術に特に興味を示したのはアルバス様だった。

アランの発生させる障壁を、将来的に新たな魔封じや王城の魔術障壁の強化に活用したいそうで、是非宮廷魔術師団へと勧誘されているらしい。

ロワール様は難色を示しているようだが、当の本人は案外乗り気なようで、給料と待遇が良いなら考えますと、大人顔負けの受け答えをしてアルバス様を笑わせていた。

膨大な魔力を必要とするマーシャル領の結界も、アランの障壁を活用できれば、今後必要魔力の削減や結界の改良に繋がる可能性が高い。

次代のマーシャル公爵となる予定のアランにとっても、障壁の研究は益のある話のようだった。

喧嘩を始めてしまいそうな二人を見守りながら、いつもの場所に敷布を広げる。

既に日は高く昇っており、お昼も近い。

「そろそろお父様が来られますよ。二人とも、昼食の準備を手伝ってくださいませんか？」

私の声に、振り返った二人はこちらに向かって駆け出して、その足を止めた。

急に止まってしまった二人を不思議に思い、彼等の視線の先を振り仰ぐと、微笑みながらこちらを見下ろすロワール様が立っている。

「……結界はいかがでしたか？」

「いつも通り、変化なし。魔力を注がせてもらったおかげで身体が軽い」

ロワール様にとって、結界維持のために魔力を注ぐことは、有り余る血液を吸い取ってもらっているような感覚なのだそうで、逆に体調が良くなるらしい。

「お父様、今日もローゼが新しい魔術を試そうとして――」

「わーっ！　言わないでよアラン。私はお母様に喜んでもらおうとして――」

「アメリアが怪我をしそうになったんだろ？　ローゼは反省して、コントロールを練習しなさい。アランも少しはローゼの練習に付き合ってあげなさい」

魔術痕を介して会話が聞こえていたのか、一連の流れは全てお見通しのようだ。

ロワール様の言葉に納得できないのか、なんで僕までとアランが、もっと派手な魔術を学びたいのにとローゼが、各々不満を口にする様子を見てクスクス笑っていると、ふわりと身体が浮かぶ。

急に視界が高くなり、ロワール様に抱き上げられていることに気付いた。

「ロ、ロワール様!?　降ろしてください」

「納得できないいなら、お母様にはしばらく俺だけのものになってもらうけど、いいんだな？」

二人同時にうっと呻き声を上げる。

二卵性とはいえ双子だからなのか、そんなときの表情はそっくりだ。

「お母様を危ない目にあわせないためには、二人で力を合わせた方がいいだろう？」

「……はい、危ないことしてごめんなさい」

「……僕も、ローゼの練習を手伝います」

わかればよろしい、とロワール様は抱え上げた私を、敷布の上に降ろしてくれた。

「ロワール様、以前から申し上げている通り、突然抱えられると驚いてしまいます」

「さっき怪我をしそうになっていたのに俺を呼ばなかっただろ？　アメリアにも反省してもらわないと」

突然抱き上げられたのは、私へのお仕置きだったようだ。

驚きに目を瞬《しばたた》いていると、ロワール様の手が優しく頭を叩き、今後は気をつけるようにと囁かれる。

ロワール様の魔力は相変わらず膨大で、二人が生まれてからは日常的に魔封じを首から下げている。たまに魔封じを外していることもあるが、二人が魔力酔いを起こしていないことについて、ロワール様曰く、魔力操作の上手な二人は、宮廷魔術師団に所属する魔術師達よりも遥《はる》かに魔力酔いを起こしにくいらしい。

それを聞いてから、更に安心して家族団欒《だんらん》の時間を過ごせるようになった。

ただ、魔封じも何もなしで直接触れ合うことができるのは、今も変わらず私だけのようだ。

仲直りしたらしい二人も、昼食を広げる準備を手伝ってくれている。

温かい飲み物をそれぞれのカップに注ぐと、昼食の支度は完了である。

「皆揃いましたし、そろそろ昼食にいたしましょうか」

思い思いに好きなものに手を伸ばし、楽しい昼食が始まる。

ローゼが新しく覚えた魔術の話を、アランが昨日読んだ本の話を、と口々に語るものだから、随分と賑《にぎ》やかな時間になるのもいつものことだ。

そのうちに、二人の好きな果物の取り合いが始まるのも時間の問題だろう。

そんな慌ただしい毎日が、嬉しくて楽しくて愛おしい。

穏やかな風が、周囲の木々を揺らしていく。

明るい日差しの下で、家族揃って昼食を囲む。

祖国にいた頃は想像もしていなかった幸せが、確かにここにはあった。

文庫版書き下ろし番外編

好き嫌い

MELISSA

休日の朝、午前の陽光が差し込む食事室には、焼きたてのパンの香りが漂っている。

向かい合うようにして座った私達は、遅めの朝食を口にしていた。

ロワール様邸の食事室は、晩餐会《ばんさんかい》を開くことも多かったベレッタ侯爵家のものよりは少々こぢんまりしているものの、二人で使うには十分すぎるほどの広さだった。

魔力酔いを避けるため、普段の食事では給仕の必要がないようにと、全ての料理をテーブルに用意してもらった状態で席に着くようにしている。

祖国にいた頃のように順序立てて配膳されるわけではないので、各々のペースで食事を口にしていれば、私が温かなスープを半分ほど口にしたところで、向かいに座っている彼は既に食事を終えようとしているところだった。

そんな様子に思わず目を瞬《しばたた》かせる。

ロワール様と暮らし始めて数ヶ月。短い期間ではあるが、いくつか新しく発見したことがある。

それは彼が朝に強くないことだったり、動物を好むが動物からはあまり好かれない性質だったりとささやかなものが多いのだが、その中の一つが食事のスピードが早いということだった。

「どうかした?」

視線に気付いたのか、ロワール様は手にしていた残りのパンを口にしながら顔を上げた。

彼が既に食事を終えようとしていることに驚きつつ、手にしていたスプーンでスープを掬《すく》う。

「いえ。特に何かがあったわけではないのですが、ロワール様のお食事を召し上がられる早さに少々驚いておりました」

「ん？　ああ、マナー的に気になったとか？」

「いえ、私的な場であれば気にすることはないと思いますわ」

以前、レントワール王家の方と食事をご一緒した際に、ロワール様の食事マナーは完璧だった。

公私がしっかり分けられているのであれば、私的な場ではマナーに縛られる必要はないと思う。

しかし、王族としてのマナーが身についているならば尚更《なおさら》、なぜ普段急ぐように食事を口にするのかという疑問が湧いてくる。

「普段のお食事を急がれるのは何か理由があるのですか？」

そういえば以前、祖国でのデートの際に食事の好き嫌いについてロワール様に伺ったとき「好き嫌いなんてしていたら食いっぱぐれる」と言われた気がする。

当時はレントワール王家の方だと知らなかったため、ロワール様は食事を奪い合うような大家族の中で育ったのだろうかと想像していたのだが、実際多くの兄姉がいたとしても食事を取り合うことはなかっただろう。

彼の家族構成を知った今、どう考えてもあの発言は違和感のあるものだった。

「それはまあ、育った環境だろうな」

ロワール様の言葉に首を傾《かし》げる。

育った環境と言われても、国王陛下夫妻の七人兄弟の末の子に生まれた彼が「食いっぱぐれる」ような環境に育つはずがないのでは、と考えハッとする。

そういえば以前に少しだけロワール様の生い立ちを聞く機会があった。

その多すぎる魔力のせいで、彼は生まれて早々に魔術師塔に預けられたと言っていた。

つまり、育った環境とは——。

顔を上げた私の表情を見て、何を考えていたのか察しがついたのか、ロワール様は少々気まずそうに頭を掻《か》いた。

「あー……まあ俺は魔力の関係で、幼い頃に魔術師塔に預けられたから」

その言葉に、自分の予想が間違っていなかったことを確信する。

彼は王家の生まれでありながら、人生の大半を魔術師塔で過ごしてきたのだ。

その事実に、胸が締めつけられるように苦しくなる。

「……幼い頃とは、おいくつくらいだったのですか？」

「はっきりは覚えてないが、物心ついた頃には近くにアルバスがいたし、多分三、四歳頃じゃないか？」

予想以上に幼い年齢に目を見張る。

幼い頃に実母を亡くした自分には、はっきりとした母との思い出はない。

そんな自分でも母の手の温《ぬく》もりや優しげな眼差《まなざ》しは、おぼろげながらも心の奥底に刻み込まれており、ふと思い出しては寂しく思うこともあった。

余りある魔力のせいで人に触れることもできなかったというロワール様は、どれほど辛《つら》い思いをされてきたのだろうか。

「それは……お辛いことを思い出させてしまい申し訳ございません」

「ああ、いやそんなに深刻にならなくてもいい」

神妙に頭を下げた私に向かって、彼はひらひらと手を振ってみせる。

ロワール様の軽い口調に思わず瞬《まばた》きを繰り返していれば、そんな私の様子に苦笑した彼は、肩をすくめながら小さく嘆息した。

「確かに、家族と離れて暮らすことが寂しくなかったといえば嘘《うそ》になるが、そこまで酷《ひど》い環境でもなかったんだ」

「そうなのですか？」

「はは、そうそう」

悪戯《いたずら》っぽく笑った彼は、背中を丸めるようにして頬杖《ほおづえ》をつく。

「なんだかんだ家族とは定期的に面会する機会もあったし、魔術師塔にはアルバスもいたしな」

彼が「アルバス」と呼ぶのは、宮廷魔術師団師団長を務めるアルバス師団長様のことだ。

ロワール様とアルバス師団長様が旧知の中であることは以前から聞いていたし、第二の父親のような存在であることも耳にしていた。

「ああ、それに子供を構いたがるお節介な魔術師達もわんさかいたからな」

「子供を構いたがるお節介な魔術師、ですか？」

つい復唱してしまえば、ロワール様はニヤリと歯を見せて笑うと「そうそう」と笑い混じりの声を上げる。

「宮廷魔術師団、別名『独身魔術師の墓場』には、結婚できない魔術師達が大勢いたからな。会うやつ会うやつ父親ヅラしてきて、食堂で顔を合わせれば『もっと食え』だの『好き嫌いするな』だの散々説教してくんだ。とにかく食堂に行くたびに囲まれたし口を出されたし、嫌いなものを避けようとしても口に突っ込まれたりもしたな」

その言葉に、ふと祖国で出会った頃の会話を思い出す。

「以前、好き嫌いをしていたら食いっぱぐれるとお伺いしたときは、好き嫌いなくなんでも食べられるという意味だと思っておりましたが、もしかして本当は好き嫌いがおありだったりするのですか？」

「なんでも食べるようにしてるだけで、そりゃ好き嫌いくらいはある」

さも当たり前のように返ってきた言葉に驚きながらも、椅子に腰かけたまま姿勢を正した。

「今更ながら恐縮ですが、ロワール様の好き嫌いについて教えていただけませんでしょうか？　妻として、夫の食の好みを把握《はあく》できていなかった事実を前に恥じ入るばかりです。好き嫌いを表に出さないというロワール様の優しさに甘えて、配慮を怠っておりました」

「……いや、それは俺が知られたくなかっただけで」

私の反省の言葉に、ロワール様はなぜかうっと言葉を詰まらせた。

口籠《くちごも》るようにもごもごと語尾を弱めてしまった彼を見て、つい首を傾げてしまう。

「どうして私に知られたくないのでしょう？　ロワール様の好き嫌いを把握できていれば、もっと最適なデートプランを提案できたかもしれませんのに」

例えば以前昼食デートをした際に肉類が苦手だと知っていたら、屋台での食事を選ばず別のカフェや食事処《しょくじどころ》を探せたかもしれない。

そもそもデートとは、お互いを知っていくことが基本理念だったはずだから、相手の食の好みという大事なことを聞き出せていなかった時点で落第点だった。

既に夫婦となった身ではあるが、できることなら今からでも挽回《ばんかい》しておきたい。

「ああ、聞いてばかりは不公平でしたら私もお話しいたしますわ。食べ物については、香りの良い果物や甘味を好みます。嫌いな食べ物はあまり思いつきませんが、舌に刺激が残るような香辛料の強いものはあまり好みませんわ」

「なんだそれ。普通すぎる」

私の告白に、ロワール様は呆《あき》れたように嘆息した。

「普通ですか？」

「うん、イメージ通り」

その言葉に瞬いていれば、ロワール様は楽しげにその目を細める。

「前にも言ったろ？　アメリアからは良い匂いしかしないから、そういうもんばっか食べてんじゃないのかって」

前にそう言葉をかけられたのは、確か初めて口付けを交わした日だった。

初めての交わりを思い出して思わず集まりそうになる頬の熱を慌てて振り払う。

気を取りなおすように小さく咳払《せきばら》いをすると、ちらりと向かいのロワール様を見上げた。

「私の好き嫌いをお伝えしましたので、ロワール様も教えていただけませんか？」

私の視線にうっと小さく呻《うめ》いた彼は、言いにくそうに口を窄《すぼ》めながら視線を他所《よそ》に向けた。

「……好きな食べ物は肉全般、嫌いな食べ物は……苦い野菜」

「苦い野菜？」

意外な答えを復唱すると、向かいの彼はぐっとその目を固く瞑《つぶ》る。

どうやら彼が言いたくなかったのは、これだったらしい。

「……子供っぽいと思っただろ？　いや、ちゃんと食べられるけど好きじゃないってだけだ。なんかたまに料理に混ざってんだよ苦いやつ、あれは好きじゃない。まあ、食べるけど」

渋面を作りながらも、ちゃんと食べると宣言するロワール様が可愛《かわい》らしくて、ふっと笑みがこぼれてしまう。

「ふふ、ちゃんと召し上がられるんですね」

「いや、食べないとうるさかったんだよアイツらが」

揶揄《からか》われたと思ったのか苦々しい表情を浮かべたままの彼は、その濃紺の髪をガシガシと掻いた。

そんな仕草が照れ隠しにしか見えないのは、私達の関係が深くなってきた証拠なのだろう。

「初めは見つけたら皿に避《よ》けたりしてたんだけど、目ざとく目つけられて『これも食え！』って口に突っ込まれるし『腹一杯ならこれもいらないんだな』って人が最後に食べようと取っておいたデザート取っていくやつもいたし、好き嫌いしてろくな目に遭わなかったからな。それに、同じ魔術師なら俺と近づきすぎたら体調崩すことくらいわかってるくせに、うっとうしいくらい側に寄ってきて『好き嫌いしたら大きくなれない』だの『残した野菜が化けて出てくる』だの散々子ども扱いしやがって……結局具合悪くするまで離れていかないもんだから、好き嫌いするのもあほらしくなった」

溜《た》め息混じりに語られたその内容を聞けば、魔術師塔の皆様からのロワール様への愛情が感じられるし、当時どうだったかはわからないが、今の彼はその愛情をちゃんと理解できているようだった。

「つまり、魔術師の皆様の体調を心配されて、好き嫌いをやめられたんですね」

「はぁ!?　いや、そうじゃ……ない、はずだが……？」

私の言葉に大きく反応したロワール様は大きく目を見開き、しばらく瞬きを繰り返したあと、納得がいかないのか何度も首を捻《ひね》っている。

彼自身、その事実に気付いていなかったのかもしれない。

無意識のままに相手を気遣える彼の優しさに、思わず頬が緩む。

「ロワール様の不器用ながらも人にお優しいところ、私は非常に好ましく思っておりますわ」

「うっ……」

私の言葉に、ロワール様は慌てるようにその顔を逸《そ》らした。

ほんのりと頬が赤く染まっているように見えるのは、気のせいではないだろう。

「魔術師塔の皆様がこぞって可愛がりたくなるほどに、幼い頃のロワール様は可愛らしかったのでしょうね。その頃のロワール様ともお会いしてみたかったですわ」

「……見るだけならできると思う。いくつか記録石に映像が残ってると思うし、アルバスか両親が持ってるはずだから」

聞きなれない単語に目を瞬いていれば、ロワール様もまるで写鏡のように同様に目を瞬いた。

「まだ使ったことなかったっけ？　記録石っていうのは映像や音声なんかを記録に残せる石のことで、記録石に映像を記録しておけば、時間が経っても当時記録したものを見ることができる」

「そんな便利なものがあるのですね」

「昔は散々これでこき使われたからな。広範囲魔術実験の長時間録画係なんかが回ってくることも多かったし、ダリアールが入団してきてからは押しつけてやったけど」

「ふふ、ダリアール様も魔力が多いのでしたね」

「そうそう、あれぐらいの魔力過多なら半日越えの広範囲実験でも十分もつ」

そう語ったロワール様は、ふっとその顔を緩めた。

「高価なものではあるから、そうほいほいと使えるものじゃないが、あの頃は俺の行動や成長を残すために両親がいくつか用意していたらしい。自然な姿を残したいからって俺に内緒にしたまま記録を取っていたらしいが、今思えばいつも呼び捨てにしてくる奴らがたまに殿下呼びしてきてたときに記録してたんだと思う。そんな怪しげな行動をとるから、笑顔どころか胡乱《うろん》げな眼差ししか向けた覚えがないけどな」

ぶつぶつと言葉を続けるロワール様は、眉根を寄せながらも、その顔はなんだか楽しげで、過去を懐かしんでいるように見えた。

「なんだか、賑《にぎ》やかそうですね」

「まあ、騒がしくはあったな」

正直な感想を告げれば、苦笑混じりの笑顔が返ってくる。

「魔術師同士だったから魔力酔いしたって自己責任でお互い様だったし、アルバスが近くにいれば周辺の魔力操作をしてもらえるから安心感もあったしな」

幼いロワール様は、多くの魔術師達のいる環境の中で、ときに可愛がられ、ときに揶揄われながら育ってきたようだ。

魔力酔いをしても側を離れることのない彼らに揉《も》まれながら生活していれば、食事を急ぐ習慣も自然と身についたのだろう。

騒がしいながらもたくさんの人に囲まれて過ごす幼いロワール様の姿を想像すると、思わず笑みがこぼれてしまう。

「ふふ、想像していたものと少し違いました」

家族と離れて暮らすことで、辛く寂しい思いばかりをしてきたと思っていたロワール様は、魔術師塔という新しい居場所で逞《たくま》しく成長されていた。

そんな彼に、哀れみに似た感情を持つこと自体が失礼だったと反省する。

「ロワール様は、魔術師の皆様にも愛されていたのですね」

「いやいや、愛されてはない。何度横から食べ物を掠《かす》め取られたかわかんないぞ？　あとは人には好き嫌いをするなって言うくせに、嫌いな食べ物を押しつけてくる奴もいたしな」

思い出して腹が立ってきたのか、アイツの名前なんだったかなと必死に記憶を辿《たど》ろうとしている姿が微笑《ほほえ》ましくて、つい目を細めてしまう。

辛さや寂しさに浸るばかりでなく、新しい環境に揉まれながらも逞しく成長されたロワール様を、眩《まぶ》しく感じてしまった。

「次にアルバス師団長様にお会いできましたら、ロワール様の映った記録石をお借りしたいですわ。それに、魔術師塔で過ごされていた頃の話もお伺いしたいです」

ロワール様の一番近くにいたアルバス様ならきっと、たくさんの話を聞くことができるだろう。

そんなことを考えていれば、向かいのロワール様はあからさまな渋面を作った。

「アルバスは余計なことばっか話すし、アメリアに知られたくないことまで口走りそうだから……」

「私に知られたくないことが、まだあるのですか？」

好き嫌いも教えてもらい、もう彼が隠したいことはないのかと思っていたが、まだまだ彼について知らないことはたくさんあるのかもしれない。

「あっいえ！　話したくないことは話さなくて大丈夫です。ロワール様にも秘密にしたいことはあるでしょうし」

ロワール様についてもっと知りたいと気が急《せ》いてしまったが、知られたくないという彼の言葉を踏み躙《にじ》っていいわけではない。

夫婦であろうが、その距離感は大切にしたい。

「私達は夫婦ですが、それ以前に一個人ですもの。ロワール様のプライベートに土足で踏み入ろうという気持ちはございませんわ」

安心してもらおうと微笑みかければ、向かいのロワール様はなぜか眉間に皺《しわ》を寄せ、静かにその金緑の瞳を細めた。

「……俺に『も』ってことは、アメリアは？」

「はい？」

「アメリアには俺に知られたくない過去や秘密にしてることがある？　俺に話せないことが、あったりする？」

なぜそれほどまでに沈んだ表情をしてしまうのかと不思議に思いながらも、不安げなロワール様の様子に思わず手を伸ばせば、ぱちんと視界がはじけたような感覚と共に、突然目の前にロワール様の顔が現れる。

どうやら彼が、私を膝の上に転移させてしまったらしい。

椅子に座ったままだと届かなかった手が彼に届き、指先がその頬に触れれば、彼の大きな手が重ねられた。

「私がロワール様に隠していることなど一つもありませんわ。以前、私の全てはロワール様に捧《ささ》げると申しましたとおり、あのときから私の過去を含め、全てロワール様のものですもの」

そう語りながら微笑みかける。

ロワール様に褒賞として望んでもらうことを提案したとき、全てを彼に捧げる覚悟をしていた。

今考えれば、そんな重すぎる提案をよく承諾してもらえたなと思うが、こうして受け止めてもらい、さらには身に余るほどの愛を注いでもらえたことは何よりの幸運だった。

そんな幸せを噛《か》みしめながら微笑みかければ、じっとこちらを見つめていた彼はふと視線を逸らした。

その顔には、もう先程のような昏《くら》さは残っていない。

「……ごめん。試すようなことを言って」

「私の過去を知りたいと思ってくださったのでしたら光栄ですわ。私もロワール様のことを知りたいと申し上げたばかりですし、おあいこですね」

ふふっと思わず笑いを漏らせば、ちらりと視線を向けたロワール様はそっと額に口付けを落としてくれた。

「……別に、俺も自分の過去のことでアメリアに知られて困ることはない」

「あら、でしたらアルバス様にお話をお伺いしても問題ないのですか？」

「構わないが、できれば――」

語尾を弱めた彼は、視線を逸らしながら、もごもごと呟《つぶや》く。

「……かっこ悪いところは、あんまり知られたくない」

唇を尖《とが》らせたその可愛らしい姿に目を瞬かせながらも、思わず顔が緩みそうになる。

ロワール様は普通にしていれば逞しく男らしい容姿であるのに、ときたまこうやって少年のような一面を見せるときがある。

そのたびに心を鷲掴《わしづか》まれるような心地になるのだが、そんなことなど彼は知る由もないだろう。

「随分と可愛らしいことをおっしゃいますが、これ以上私の心を奪ってどうするおつもりですか？」

「は？」

訝《いぶか》しげな視線をこちらに向けた彼に微笑みかけると、その背中に腕を回す。

戸惑う様子のロワール様の耳元に唇を寄せてそっと囁《ささや》いた。

「ロワール様のことであれば、好き嫌いもかっこ悪いところも、愛する貴方《あなた》の一面ですもの。可愛らしいだけですわ」

ちらりと様子を窺《うかが》えば、ほんのりと耳を赤くしている彼が恨みがましい視線を向けてくる。

「……揶揄ってるな？」

「いいえ、本心です」

笑顔で返せば、困ったような笑みを浮かべたロワール様に口付けられる。

重なっていた唇が離れ、見つめ合っていれば、会話が途切れたからかコンコンと扉を叩く音が響き、部屋の外で待機していた使用人が食事の終わった食器をいくつか手に取ると一礼して下がっていった。

去り際に満面の笑みと共に「ごゆっくり」と声をかけられたことに、身体《からだ》中の熱が上がっていく。

「ロ、ロワール様！　私、食事中だったことを失念しておりましたわ！」

「別に気にすることもないと思うけど」

平然としれっと言ってのけるロワール様の膝の上で慌てていれば、楽しそうに笑った彼は私を抱き上げて席へと運んでいく。

元の席に私を座らせると、彼はそのまま側の椅子に腰を下ろして頬杖をついた。

「見ているだけだから気にしなくていい。アメリアの食事が終わったら、今日の予定を話し合おうか」

にっこりと微笑みかけられながら再び口にしたスープは、しばらく話し込んでいたせいか、それとも私自身が熱くなっているせいか、先程よりもほんのり冷たく感じるのだった。

あとがき

この度は『婚約者に側妃として利用されるくらいなら魔術師様の褒賞となります』をお手に取ってくださりありがとうございます。まつりかと申します。

アメリアとロワールのお話は一旦幕を引きましたが、これからも二人は仲睦まじく、時に困難を乗り越えながら温かな家庭を育んでいくことでしょう。魔術大国レントワールの魔術師達は、今後も四苦八苦しながらお相手探しに勤しんでいくことと思いますが、彼らの重いながらも一途な愛はＷＥＢに番外編として掲載しておりますので見守っていただければ幸いです。

ＷＥＢ連載時から読んでくださった皆様、嬉しいお言葉や温かな感想にたくさんの力を分けていただき励まされました。また、アメリアとロワールを美しいイラストにしてくださった御子柴リョウ先生、新しいイラストを拝見するたびにうっとりと眺めておりました。二人を素敵に描いてくださってありがとうございました。

この本を読んでくださった皆様が、少しでも楽しんでいただけましたら幸いです。

婚約者《こんやくしゃ》に側妃《そくひ》として利用《りよう》されるくらいなら魔術師様《まじゅつしさま》の褒賞《ほうしょう》となります

まつりか

2023年9月5日　初版発行

著者　まつりか

発行者　野内雅宏

発行所　株式会社一迅社
〒160-0022 東京都新宿区新宿3-1-13　京王新宿追分ビル5F
電話　03-5312-7432(編集)
電話　03-5312-6150(販売)
発売元：株式会社講談社(講談社・一迅社)

印刷・製本　大日本印刷株式会社

DTP　株式会社三協美術

装丁　AFTERGLOW

ISBN978-4-7580-9575-4

●本書は「ムーンライトノベルズ」(https://mnlt.syosetu.com/)に掲載されていたものを改稿の上書籍化したものです。
●この作品はフィクションです。実際の人物・団体・事件などには関係ありません。

MELISSA
メリッサ文庫